Kafka | Die Verwandlung

D0733470

Reclam XL | Text und Kontext

Franz Kafka
Die Verwandlung

Herausgegeben von Ralf Kellermann

Reclam

Der Text dieser Ausgabe ist seiten- und zeilengleich mit der Ausgabe der Universal-Bibliothek Nr. 9900. Er wurde auf der Grundlage der gültigen amtlichen Rechtschreibregeln orthographisch behutsam modernisiert.

Zu Kafkas Erzählung *Die Verwandlung* gibt es bei Reclam
– einen *Lektüreschlüssel für Schülerinnen und Schüler* (Nr. 15342)
– *Erläuterungen und Dokumente* (Nr. 8155)
– eine Interpretation in: *Franz Kafka. Romane und Erzählungen*
  in der Reihe »Interpretationen« (Nr. 17521)

E-Book-Ausgaben finden Sie auf unserer Website
unter www.reclam.de/e-book

Reclam XL | Text und Kontext | Nr. 19125
2013 Philipp Reclam jun. GmbH & Co. KG,
Siemensstraße 32, 71254 Ditzingen
Gestaltung: Cornelia Feyll, Friedrich Forssman
Druck und Bindung: Canon Deutschland Business Services GmbH,
Siemensstraße 32, 71254 Ditzingen
Printed in Germany 2017
RECLAM ist eine eingetragene Marke
der Philipp Reclam jun. GmbH & Co. KG, Stuttgart
ISBN 978-3-15-019125-5

Auch als E-Book erhältlich

www.reclam.de

Die Texte von Reclam XL sind seiten- und zeilengleich
mit den Texten der Universal-Bibliothek.
Die Reihe bietet neben dem Text Worterläuterungen
in Form von Fußnoten und Sacherläuterungen in Form
von Anmerkungen im Anhang, auf die am Rand
mit Pfeilen (↗) verwiesen wird.

I.

Als Gregor Samsa eines Morgens aus unruhigen Träumen
erwachte, fand er sich in seinem Bett zu einem ungeheueren
Ungeziefer verwandelt. Er lag auf seinem panzerartig har-
5 ten Rücken und sah, wenn er den Kopf ein wenig hob, seinen gewölbten, braunen, von bogenförmigen Versteifungen
geteilten Bauch, auf dessen Höhe sich die Bettdecke, zum
gänzlichen Niedergleiten bereit, kaum noch erhalten
konnte. Seine vielen, im Vergleich zu seinem sonstigen Um-
10 fang kläglich dünnen Beine flimmerten ihm hilflos vor den
Augen.

»Was ist mit mir geschehen?«, dachte er. Es war kein
Traum. Sein Zimmer, ein richtiges, nur etwas zu kleines
Menschenzimmer, lag ruhig zwischen den vier wohlbe-
15 kannten Wänden. Über dem Tisch, auf dem eine auseinan-
der gepackte Musterkollektion von Tuchwaren ausgebreitet
war – Samsa war Reisender –, hing das Bild, das er vor kurzem aus einer illustrierten Zeitschrift ausgeschnitten und in
einem hübschen, vergoldeten Rahmen untergebracht hatte.
20 Es stellte eine Dame dar, die, mit einem Pelzhut und einer
Pelzboa versehen, aufrecht dasaß und einen schweren Pelzmuff, in dem ihr ganzer Unterarm verschwunden war, dem
Beschauer entgegenhob.

Gregors Blick richtete sich dann zum Fenster, und das
25 trübe Wetter – man hörte Regentropfen auf das Fenster-
blech aufschlagen – machte ihn ganz melancholisch. »Wie
wäre es, wenn ich noch ein wenig weiterschliefe und alle
Narrheiten vergäße«, dachte er, aber das war gänzlich un-
durchführbar, denn er war gewöhnt, auf der rechten Seite zu
30 schlafen, konnte sich aber in seinem gegenwärtigen Zustand
nicht in diese Lage bringen. Mit welcher Kraft er sich auch
auf die rechte Seite warf, immer wieder schaukelte er in
die Rückenlage zurück. Er versuchte es wohl hundertmal,

---

14 **Menschenzimmer:** analog zu Kinderzimmer | 16 **Musterkollek-
tion:** Warensammlung zur Vorführung durch den Handelsvertreter
einer Firma | 17 **Reisender:** hier: Handelsvertreter | 21 **Pelzboa:** eine Art
Pelzschal | 21 f. **Pelzmuff:** schlauchartiger Pelz zur Wärmung beider
Hände

schloss die Augen, um die zappelnden Beine nicht sehen zu müssen, und ließ erst ab, als er in der Seite einen noch nie gefühlten, leichten, dumpfen Schmerz zu fühlen begann.

»Ach Gott«, dachte er, »was für einen anstrengenden Beruf habe ich gewählt! Tag aus, Tag ein auf der Reise. Die geschäftlichen Aufregungen sind viel größer, als im eigentlichen Geschäft zu Hause, und außerdem ist mir noch diese Plage des Reisens auferlegt, die Sorgen um die Zuganschlüsse, das unregelmäßige, schlechte Essen, ein immer wechselnder, nie andauernder, nie herzlich werdender menschlicher Verkehr. Der Teufel soll das alles holen!« Er fühlte ein leichtes Jucken oben auf dem Bauch; schob sich auf dem Rücken langsam näher zum Bettpfosten, um den Kopf besser heben zu können; fand die juckende Stelle, die mit lauter kleinen weißen Pünktchen besetzt war, die er nicht zu beurteilen verstand; und wollte mit einem Bein die Stelle betasten, zog es aber gleich zurück, denn bei der Berührung umwehten ihn Kälteschauer.

Er glitt wieder in seine frühere Lage zurück. »Dies frühzeitige Aufstehen«, dachte er, »macht einen ganz blödsinnig. Der Mensch muss seinen Schlaf haben. Andere Reisende leben wie Haremsfrauen. Wenn ich zum Beispiel im Laufe des Vormittags ins Gasthaus zurückgehe, um die erlangten Aufträge zu überschreiben, sitzen diese Herren erst beim Frühstück. Das sollte ich bei meinem Chef versuchen; ich würde auf der Stelle hinausfliegen. Wer weiß übrigens, ob das nicht sehr gut für mich wäre. Wenn ich mich nicht wegen meiner Eltern zurückhielte, ich hätte längst gekündigt, ich wäre vor den Chef hingetreten und hätte ihm meine Meinung von Grund des Herzens aus gesagt. Vom Pult hätte er fallen müssen! Es ist auch eine sonderbare Art, sich auf das Pult zu setzen und von der Höhe herab mit dem Angestellten zu reden, der überdies wegen der Schwerhörigkeit des Chefs ganz nahe herantreten muss. Nun, die Hoffnung ist noch nicht gänzlich aufgegeben; habe ich einmal das Geld beisammen, um die Schuld der Eltern an ihn abzuzahlen – es dürfte noch fünf bis sechs Jahre dauern –,

---

1 **schloss die Augen:** für Käfer und Insekten insgesamt anatomisch unmöglich | 22 **wie Haremsfrauen:** bequem und ohne materielle Sorgen | 24 **zu überschreiben:** zu übertragen

mache ich die Sache unbedingt. Dann wird der große Schnitt gemacht. Vorläufig allerdings muss ich aufstehen, denn mein Zug fährt um fünf.«

Und er sah zur Weckuhr hinüber, die auf dem Kasten
5 tickte. »Himmlischer Vater!«, dachte er. Es war halb sieben ↗ Uhr, und die Zeiger gingen ruhig vorwärts, es war sogar halb vorüber, es näherte sich schon dreiviertel. Sollte der Wecker nicht geläutet haben? Man sah vom Bett aus, dass er auf vier Uhr richtig eingestellt war; gewiss hatte er auch ge-
10 läutet. Ja, aber war es möglich, dieses möbelerschütternde ↗ Läuten ruhig zu verschlafen? Nun, ruhig hatte er ja nicht geschlafen, aber wahrscheinlich desto fester. Was aber sollte er jetzt tun? Der nächste Zug ging um sieben Uhr; um den einzuholen, hätte er sich unsinnig beeilen müssen, und die
15 Kollektion war noch nicht eingepackt, und er selbst fühlte sich durchaus nicht besonders frisch und beweglich. Und selbst wenn er den Zug einholte, ein Donnerwetter des Chefs war nicht zu vermeiden, denn der Geschäftsdiener hatte beim Fünfuhrzug gewartet und die Meldung von
20 seiner Versäumnis längst erstattet. Es war eine Kreatur ↗ des Chefs, ohne Rückgrat und Verstand. Wie nun, wenn er sich krank meldete? Das wäre aber äußerst peinlich und verdächtig, denn Gregor war während seines fünfjährigen Dienstes noch nicht einmal krank gewesen. Gewiss würde
25 der Chef mit dem Krankenkassenarzt kommen, würde den Eltern wegen des faulen Sohnes Vorwürfe machen und alle Einwände durch den Hinweis auf den Krankenkassenarzt abschneiden, für den es ja überhaupt nur ganz gesunde, aber arbeitsscheue Menschen gibt. Und hätte er übrigens in die-
30 sem Falle so ganz unrecht? Gregor fühlte sich tatsächlich, abgesehen von einer nach dem langen Schlaf wirklich überflüssigen Schläfrigkeit, ganz wohl und hatte sogar einen besonders kräftigen Hunger.

Als er dies alles in größter Eile überlegte, ohne sich ent-
35 schließen zu können, das Bett zu verlassen – gerade schlug der Wecker dreiviertel sieben – klopfte es vorsichtig an die Tür am Kopfende seines Bettes. »Gregor«, rief es – es war

---

4 **Weckuhr:** Wecker | 4 **Kasten:** hier: Kleiderschrank | 7 **dreiviertel:** Viertel vor … (Uhrzeit) | 20 **Kreatur:** abwertend für Tier, hier: willen- loser Diener | 25 **Krankenkassenarzt:** weniger gut bezahlter Arzt, der für eine Krankenkasse arbeitet und die Höhe seiner Rechnungen nicht selbst festlegen kann; die Familie lebt also in einfachen Verhältnissen

die Mutter –, »es ist dreiviertel sieben. Wolltest du nicht
wegfahren?« Die sanfte Stimme! Gregor erschrak, als er
seine antwortende Stimme hörte, die wohl unverkennbar
seine frühere war, in die sich aber, wie von unten her, ein
nicht zu unterdrückendes, schmerzliches Piepsen mischte,   5
das die Worte förmlich nur im ersten Augenblick in ihrer
Deutlichkeit beließ, um sie im Nachklang derart zu zerstö-
ren, dass man nicht wusste, ob man recht gehört hatte. Gregor hatte ausführlich antworten und alles erklären wollen,
beschränkte sich aber bei diesen Umständen darauf, zu sa-   10
gen: »Ja, ja, danke Mutter, ich stehe schon auf.« Infolge der
Holztür war die Veränderung in Gregors Stimme draußen
wohl nicht zu merken, denn die Mutter beruhigte sich mit
dieser Erklärung und schlürfte davon. Aber durch das
kleine Gespräch waren die anderen Familienmitglieder dar-   15
auf aufmerksam geworden, dass Gregor wider Erwarten
noch zu Hause war, und schon klopfte an der einen Seitentür der Vater, schwach, aber mit der Faust. »Gregor, Gregor«, rief er, »was ist denn?« Und nach einer kleinen Weile
mahnte er nochmals mit tieferer Stimme: »Gregor! Gre-   20
gor!« An der anderen Seitentür aber klagte leise die Schwester: »Gregor? Ist dir nicht wohl? Brauchst du etwas?«
Nach beiden Seiten hin antwortete Gregor: »Bin schon fertig«, und bemühte sich, durch die sorgfältigste Aussprache
und durch Einschaltung von langen Pausen zwischen den   25
einzelnen Worten seiner Stimme alles Auffallende zu nehmen. Der Vater kehrte auch zu seinem Frühstück zurück,
die Schwester aber flüsterte: »Gregor, mach auf, ich be-
schwöre dich.« Gregor aber dachte gar nicht daran aufzu-
machen, sondern lobte die vom Reisen her übernommene   30
Vorsicht, auch zu Hause alle Türen während der Nacht zu
versperren.

Zunächst wollte er ruhig und ungestört aufstehen, sich
anziehen und vor allem frühstücken, und dann erst das Weitere überlegen, denn, das merkte er wohl, im Bett würde er   35
mit dem Nachdenken zu keinem vernünftigen Ende kommen. Er erinnerte sich, schon öfters im Bett irgendeinen

---

14 **schlürfte:** schlurfte

vielleicht durch ungeschicktes Liegen erzeugten, leichten
Schmerz empfunden zu haben, der sich dann beim Aufstehen als reine Einbildung herausstellte, und er war gespannt,
wie sich seine heutigen Vorstellungen allmählich auflösen
würden. Dass die Veränderung der Stimme nichts anderes
war, als der Vorbote einer tüchtigen Verkühlung, einer Be-
rufskrankheit der Reisenden, daran zweifelte er nicht im Geringsten.

Die Decke abzuwerfen war ganz einfach; er brauchte sich
nur ein wenig aufzublasen und sie fiel von selbst. Aber weiterhin wurde es schwierig, besonders weil er so ungemein
breit war. Er hätte Arme und Hände gebraucht, um sich
aufzurichten; stattdessen aber hatte er nur die vielen Beinchen, die ununterbrochen in der verschiedensten Bewegung
waren und die er überdies nicht beherrschen konnte. Wollte
er eines einmal einknicken, so war es das Erste, dass es sich
streckte; und gelang es ihm endlich, mit diesem Bein das
auszuführen, was er wollte, so arbeiteten inzwischen alle
anderen, wie freigelassen, in höchster, schmerzlicher Aufregung. »Nur sich nicht im Bett unnütz aufhalten«, sagte sich
Gregor.

Zuerst wollte er mit dem unteren Teil seines Körpers aus
dem Bett hinauskommen, aber dieser untere Teil, den er
übrigens noch nicht gesehen hatte und von dem er sich auch
keine rechte Vorstellung machen konnte, erwies sich als zu
schwer beweglich; es ging so langsam; und als er schließlich,
fast wild geworden, mit gesammelter Kraft, ohne Rücksicht
sich vorwärts stieß, hatte er die Richtung falsch gewählt,
schlug an den unteren Bettpfosten heftig an, und der bren-
nende Schmerz, den er empfand, belehrte ihn, dass gerade
der untere Teil seines Körpers augenblicklich vielleicht der
empfindlichste war.

Er versuchte es daher, zuerst den Oberkörper aus dem
Bett zu bekommen, und drehte vorsichtig den Kopf dem
Bettrand zu. Dies gelang auch leicht, und trotz ihrer Breite
und Schwere folgte schließlich die Körpermasse langsam
der Wendung des Kopfes. Aber als er den Kopf endlich

außerhalb des Bettes in der freien Luft hielt, bekam er Angst, weiter auf diese Weise vorzurücken, denn wenn er sich schließlich so fallen ließ, musste geradezu ein Wunder geschehen, wenn der Kopf nicht verletzt werden sollte. Und die Besinnung durfte er gerade jetzt um keinen Preis verlieren; lieber wollte er im Bett bleiben.

Aber als er wieder nach gleicher Mühe aufseufzend so dalag wie früher, und wieder seine Beinchen womöglich noch ärger gegeneinander kämpfen sah und keine Möglichkeit fand, in diese Willkür Ruhe und Ordnung zu bringen, sagte er sich wieder, dass er unmöglich im Bett bleiben könne und dass es das Vernünftigste sei, alles zu opfern, wenn auch nur die kleinste Hoffnung bestünde, sich dadurch vom Bett zu befreien. Gleichzeitig aber vergaß er nicht, sich zwischendurch daran zu erinnern, dass viel besser als verzweifelte Entschlüsse ruhige und ruhigste Überlegung sei. In solchen Augenblicken richtete er die Augen möglichst scharf auf das Fenster, aber leider war aus dem Anblick des Morgennebels, der sogar die andere Seite der engen Straße verhüllte, wenig Zuversicht und Munterkeit zu holen. »Schon sieben Uhr«, sagte er sich beim neuerlichen Schlagen des Weckers, »schon sieben Uhr und noch immer ein solcher Nebel.« Und ein Weilchen lang lag er ruhig mit schwachem Atem, als erwarte er vielleicht von der völligen Stille die Wiederkehr der wirklichen und selbstverständlichen Verhältnisse.

Dann aber sagte er sich: »Ehe es einviertel acht schlägt, muss ich unbedingt das Bett vollständig verlassen haben. Im Übrigen wird auch bis dahin jemand aus dem Geschäft kommen, um nach mir zu fragen, denn das Geschäft wird vor sieben Uhr geöffnet.« Und er machte sich nun daran, den Körper in seiner ganzen Länge vollständig gleichmäßig aus dem Bett hinauszuschaukeln. Wenn er sich auf diese Weise aus dem Bett fallen ließ, blieb der Kopf, den er beim Fall scharf heben wollte, voraussichtlich unverletzt. Der Rücken schien hart zu sein; dem würde wohl bei dem Fall auf den Teppich nichts geschehen. Das größte Bedenken machte ihm die Rücksicht auf den lauten Krach, den es ge-

---

26 **einviertel acht:** Viertel nach sieben

ben müsste und der wahrscheinlich hinter allen Türen wenn nicht Schrecken, so doch Besorgnisse erregen würde. Das musste aber gewagt werden.

Als Gregor schon zur Hälfte aus dem Bette ragte – die neue Methode war mehr ein Spiel als eine Anstrengung, er brauchte immer nur ruckweise zu schaukeln –, fiel ihm ein, wie einfach alles wäre, wenn man ihm zu Hilfe käme. Zwei starke Leute – er dachte an seinen Vater und das Dienstmädchen – hätten vollständig genügt; sie hätten ihre Arme nur unter seinen gewölbten Rücken schieben, ihn so aus dem Bett schälen, sich mit der Last niederbeugen und dann bloß vorsichtig dulden müssen, dass er den Überschwung auf dem Fußboden vollzog, wo dann die Beinchen hoffentlich einen Sinn bekommen würden. Nun, ganz abgesehen davon, dass die Türen versperrt waren, hätte er wirklich um Hilfe rufen sollen? Trotz aller Not konnte er bei diesem Gedanken ein Lächeln nicht unterdrücken.

Schon war er so weit, dass er bei stärkerem Schaukeln kaum das Gleichgewicht noch erhielt, und sehr bald musste er sich nun endgültig entscheiden, denn es war in fünf Minuten einviertel acht, – als es an der Wohnungstür läutete. »Das ist jemand aus dem Geschäft«, sagte er sich und erstarrte fast, während seine Beinchen nur desto eiliger tanzten. Einen Augenblick blieb alles still. »Sie öffnen nicht«, sagte sich Gregor, befangen in irgendeiner unsinnigen Hoffnung. Aber dann ging natürlich wie immer das Dienstmädchen festen Schrittes zur Tür und öffnete. Gregor brauchte nur das erste Grußwort des Besuchers zu hören und wusste schon, wer es war – der Prokurist selbst. Warum war nur Gregor dazu verurteilt, bei einer Firma zu dienen, wo man bei der kleinsten Versäumnis gleich den größten Verdacht fasste? Waren denn alle Angestellten samt und sonders Lumpen, gab es denn unter ihnen keinen treuen ergebenen Menschen, der, wenn er auch nur ein paar Morgenstunden für das Geschäft nicht ausgenützt hatte, vor Gewissensbissen närrisch wurde und geradezu nicht imstande war, das Bett zu verlassen? Genügte es wirklich nicht, einen Lehr-

---

12 **Überschwung:** Überschlag, Purzelbaum | 29 **Prokurist:** Vertreter einer Firma mit besonderen Rechten (u.a. dem Recht, im Namen der Firma Verträge zu unterschreiben) | 37 f. **Lehrjungen:** Lehrling

jungen nachfragen zu lassen – wenn überhaupt diese Fragerei nötig war –, musste da der Prokurist selbst kommen, und musste dadurch der ganzen unschuldigen Familie gezeigt werden, dass die Untersuchung dieser verdächtigen Angelegenheit nur dem Verstand des Prokuristen anvertraut werden konnte? Und mehr infolge der Erregung, in welche Gregor durch diese Überlegungen versetzt wurde, als infolge eines richtigen Entschlusses, schwang er sich mit aller Macht aus dem Bett. Es gab einen lauten Schlag, aber ein eigentlicher Krach war es nicht. Ein wenig wurde der Fall durch den Teppich abgeschwächt, auch war der Rücken elastischer, als Gregor gedacht hatte, daher kam der nicht gar so auffallende dumpfe Klang. Nur den Kopf hatte er nicht vorsichtig genug gehalten und ihn angeschlagen; er drehte ihn und rieb ihn an dem Teppich vor Ärger und Schmerz.

»Da drin ist etwas gefallen«, sagte der Prokurist im Nebenzimmer links. Gregor suchte sich vorzustellen, ob nicht auch einmal dem Prokuristen etwas Ähnliches passieren könnte, wie heute ihm; die Möglichkeit dessen musste man doch eigentlich zugeben. Aber wie zur rohen Antwort auf diese Frage machte jetzt der Prokurist im Nebenzimmer ein paar bestimmte Schritte und ließ seine Lackstiefel knarren. Aus dem Nebenzimmer rechts flüsterte die Schwester, um Gregor zu verständigen: »Gregor, der Prokurist ist da.« »Ich weiß«, sagte Gregor vor sich hin; aber so laut, dass es die Schwester hätte hören können, wagte er die Stimme nicht zu erheben.

»Gregor«, sagte nun der Vater aus dem Nebenzimmer links, »der Herr Prokurist ist gekommen und erkundigt sich, warum du nicht mit dem Frühzug weggefahren bist. Wir wissen nicht, was wir ihm sagen sollen. Übrigens will er auch mit dir persönlich sprechen. Also bitte mach die Tür auf. Er wird die Unordnung im Zimmer zu entschuldigen schon die Güte haben.« »Guten Morgen, Herr Samsa«, rief der Prokurist freundlich dazwischen. »Ihm ist nicht wohl«, sagte die Mutter zum Prokuristen, während der Vater noch an der Tür redete, »ihm ist nicht wohl, glauben Sie mir,

---

22 **Lackstiefel:** glänzende Stiefel

Herr Prokurist. Wie würde denn Gregor sonst einen Zug versäumen! Der Junge hat ja nichts im Kopf als das Geschäft. Ich ärgere mich schon fast, dass er abends niemals ausgeht; jetzt war er doch acht Tage in der Stadt, aber jeden Abend war er zu Hause. Da sitzt er bei uns am Tisch und liest still die Zeitung oder studiert Fahrpläne. Es ist schon eine Zerstreuung für ihn, wenn er sich mit Laubsägearbeiten beschäftigt. Da hat er zum Beispiel im Laufe von zwei, drei Abenden einen kleinen Rahmen geschnitzt; Sie werden staunen, wie hübsch er ist; er hängt drin im Zimmer; Sie werden ihn gleich sehen, bis Gregor aufmacht. Ich bin übrigens glücklich, dass Sie da sind, Herr Prokurist; wir allein hätten Gregor nicht dazu gebracht, die Tür zu öffnen; er ist so hartnäckig; und bestimmt ist ihm nicht wohl, trotzdem er es am Morgen geleugnet hat.« »Ich komme gleich«, sagte Gregor langsam und bedächtig und rührte sich nicht, um kein Wort der Gespräche zu verlieren. »Anders, gnädige Frau, kann ich es mir auch nicht erklären«, sagte der Prokurist, »hoffentlich ist es nichts Ernstes. Wenn ich auch andererseits sagen muss, dass wir Geschäftsleute – wie man will, leider oder glücklicherweise – ein leichtes Unwohlsein sehr oft aus geschäftlichen Rücksichten einfach überwinden müssen.« »Also kann der Herr Prokurist schon zu dir hinein?«, fragte der ungeduldige Vater und klopfte wiederum an die Tür. »Nein«, sagte Gregor. Im Nebenzimmer links trat eine peinliche Stille ein, im Nebenzimmer rechts begann die Schwester zu schluchzen.

Warum ging denn die Schwester nicht zu den anderen? Sie war wohl erst jetzt aus dem Bett aufgestanden und hatte noch gar nicht angefangen sich anzuziehen. Und warum weinte sie denn? Weil er nicht aufstand und den Prokuristen nicht hereinließ, weil er in Gefahr war, den Posten zu verlieren und weil dann der Chef die Eltern mit den alten Forderungen wieder verfolgen würde? Das waren doch vorläufig wohl unnötige Sorgen. Noch war Gregor hier und dachte nicht im Geringsten daran, seine Familie zu verlassen. Augenblicklich lag er wohl da auf dem Teppich, und

---

7 f. **Laubsägearbeiten:** mit Laubsägen sägt man aus dünnen Holzplatten feine Formen, ehemals typische Beschäftigung vor allem von Jungen | 11 **bis:** wenn (hier: temporal; Pragismus, eine Besonderheit des Prager Deutsch)

niemand, der seinen Zustand gekannt hätte, hätte im Ernst von ihm verlangt, dass er den Prokuristen hereinlasse. Aber wegen dieser kleinen Unhöflichkeit, für die sich ja später leicht eine passende Ausrede finden würde, konnte Gregor doch nicht gut sofort weggeschickt werden. Und Gregor schien es, dass es viel vernünftiger wäre, ihn jetzt in Ruhe zu lassen, statt ihn mit Weinen und Zureden zu stören. Aber es war eben die Ungewissheit, welche die anderen bedrängte und ihr Benehmen entschuldigte.

»Herr Samsa«, rief nun der Prokurist mit erhobener Stimme, »was ist denn los? Sie verbarrikadieren sich da in Ihrem Zimmer, antworten bloß mit ja und nein, machen Ihren Eltern schwere, unnötige Sorgen und versäumen – dies nur nebenbei erwähnt – Ihre geschäftlichen Pflichten in einer eigentlich unerhörten Weise. Ich spreche hier im Namen Ihrer Eltern und Ihres Chefs und bitte Sie ganz ernsthaft um eine augenblickliche, deutliche Erklärung. Ich staune, ich staune. Ich glaubte Sie als einen ruhigen, vernünftigen Menschen zu kennen, und nun scheinen Sie plötzlich anfangen zu wollen, mit sonderbaren Launen zu paradieren. Der Chef deutete mir zwar heute früh eine mögliche Erklärung für Ihre Versäumnis an – sie betraf das Ihnen seit kurzem anvertraute Inkasso –, aber ich legte wahrhaftig fast mein Ehrenwort dafür ein, dass diese Erklärung nicht zutreffen könne. Nun aber sehe ich hier Ihren unbegreiflichen Starrsinn und verliere ganz und gar jede Lust, mich auch nur im Geringsten für Sie einzusetzen. Und Ihre Stellung ist durchaus nicht die festeste. Ich hatte ursprünglich die Absicht, Ihnen das alles unter vier Augen zu sagen, aber da Sie mich hier nutzlos meine Zeit versäumen lassen, weiß ich nicht, warum es nicht auch Ihre Herren Eltern erfahren sollen. Ihre Leistungen in der letzten Zeit waren also sehr unbefriedigend; es ist zwar nicht die Jahreszeit, um besondere Geschäfte zu machen, das erkennen wir an; aber eine Jahreszeit, um keine Geschäfte zu machen, gibt es überhaupt nicht, Herr Samsa, darf es nicht geben.«

»Aber Herr Prokurist«, rief Gregor außer sich und ver-

---

21 **paradieren:** hier: mit etwas protzen, sich zeigen, wie bei einer Parade | 23 **Inkasso:** Einziehen von Bargeld

gaß in der Aufregung alles andere, »ich mache ja sofort, augenblicklich auf. Ein leichtes Unwohlsein, ein Schwindelan-
fall, haben mich verhindert aufzustehen. Ich liege noch jetzt
im Bett. Jetzt bin ich aber schon wieder ganz frisch. Eben
5 steige ich aus dem Bett. Nur einen kleinen Augenblick Geduld! Es geht noch nicht so gut, wie ich dachte. Es ist mir
aber schon wohl. Wie das nur einen Menschen so überfallen
kann! Noch gestern Abend war mir ganz gut, meine Eltern
wissen es ja, oder besser, schon gestern Abend hatte ich eine
10 kleine Vorahnung. Man hätte es mir ansehen müssen. Warum habe ich es nur im Geschäfte nicht gemeldet! Aber man
denkt eben immer, dass man die Krankheit ohne Zuhause-
bleiben überstehen wird. Herr Prokurist! Schonen Sie meine
Eltern! Für alle die Vorwürfe, die Sie mir jetzt machen, ist
15 ja kein Grund; man hat mir ja davon auch kein Wort gesagt.
Sie haben vielleicht die letzten Aufträge, die ich geschickt
habe, nicht gelesen. Übrigens, noch mit dem Achtuhrzug
fahre ich auf die Reise, die paar Stunden Ruhe haben mich
gekräftigt. Halten Sie sich nur nicht auf, Herr Prokurist; ich
20 bin gleich selbst im Geschäft, und haben Sie die Güte, das
zu sagen und mich dem Herrn Chef zu empfehlen!«

Und während Gregor dies alles hastig ausstieß und kaum
wusste, was er sprach, hatte er sich leicht, wohl infolge der
im Bett bereits erlangten Übung, dem Kasten genähert und
25 versuchte nun, an ihm sich aufzurichten. Er wollte tatsächlich die Tür aufmachen, tatsächlich sich sehen lassen und
mit dem Prokuristen sprechen; er war begierig zu erfahren,
was die anderen, die jetzt so nach ihm verlangten, bei seinem Anblick sagen würden. Würden sie erschrecken, dann
30 hatte Gregor keine Verantwortung mehr und konnte ruhig
sein. Würden sie aber alles ruhig hinnehmen, dann hatte
auch er keinen Grund sich aufzuregen, und konnte, wenn er
sich beeilte, um acht Uhr tatsächlich auf dem Bahnhof sein.
Zuerst glitt er nun einige Male von dem glatten Kasten ab,
35 aber endlich gab er sich einen letzten Schwung und stand
aufrecht da; auf die Schmerzen im Unterleib achtete er gar
nicht mehr, so sehr sie auch brannten. Nun ließ er sich ge-

gen die Rückenlehne eines nahen Stuhles fallen, an deren
Rändern er sich mit seinen Beinchen festhielt. Damit hatte
er aber auch die Herrschaft über sich erlangt und verstummte, denn nun konnte er den Prokuristen anhören.

»Haben Sie auch nur ein Wort verstanden?«, fragte der
Prokurist die Eltern, »er macht sich doch wohl nicht einen
Narren aus uns?« »Um Gottes willen«, rief die Mutter
schon unter Weinen, »er ist vielleicht schwer krank, und wir
quälen ihn. Grete! Grete!«, schrie sie dann. »Mutter?«, rief
die Schwester von der anderen Seite. Sie verständigten sich
durch Gregors Zimmer. »Du musst augenblicklich zum
Arzt. Gregor ist krank. Rasch um den Arzt. Hast du Gregor jetzt reden hören?« »Das war eine Tierstimme«, sagte
der Prokurist, auffallend leise gegenüber dem Schreien der
Mutter. »Anna! Anna!«, rief der Vater durch das Vorzimmer in die Küche und klatschte in die Hände, »sofort einen
Schlosser holen!« Und schon liefen die zwei Mädchen mit
rauschenden Röcken durch das Vorzimmer – wie hatte sich
die Schwester denn so schnell angezogen? – und rissen
die Wohnungstüre auf. Man hörte gar nicht die Türe zu-
schlagen; sie hatten sie wohl offen gelassen, wie es in Woh-
nungen zu sein pflegt, in denen ein großes Unglück geschehen ist.

Gregor war aber viel ruhiger geworden. Man verstand
zwar also seine Worte nicht mehr, trotzdem sie ihm genug
klar, klarer als früher, vorgekommen waren, vielleicht infolge der Gewöhnung des Ohres. Aber immerhin glaubte
man nun schon daran, dass es mit ihm nicht ganz in Ordnung war, und war bereit, ihm zu helfen. Die Zuversicht
und Sicherheit, mit welchen die ersten Anordnungen ge-
troffen worden waren, taten ihm wohl. Er fühlte sich wieder einbezogen in den menschlichen Kreis und erhoffte von
beiden, vom Arzt und vom Schlosser, ohne sie eigentlich genau zu scheiden, großartige und überraschende Leistungen.
Um für die sich nähernden entscheidenden Besprechungen
eine möglichst klare Stimme zu bekommen, hustete er ein
wenig ab, allerdings bemüht, dies ganz gedämpft zu tun, da

---

18 **Vorzimmer:** in Prager Wohnungen ein möblierter Flur | 25 **trotz-
dem:** hier: obwohl (Pragismus)

möglicherweise auch schon dieses Geräusch anders als menschlicher Husten klang, was er selbst zu entscheiden sich nicht mehr getraute. Im Nebenzimmer war es inzwischen ganz still geworden. Vielleicht saßen die Eltern mit dem Prokuristen beim Tisch und tuschelten, vielleicht lehnten alle an der Türe und horchten.

Gregor schob sich langsam mit dem Sessel zur Tür hin, ließ ihn dort los, warf sich gegen die Tür, hielt sich an ihr aufrecht – die Ballen seiner Beinchen hatten ein wenig Klebstoff – und ruhte sich dort einen Augenblick lang von der Anstrengung aus. Dann aber machte er sich daran, mit dem Mund den Schlüssel im Schloss umzudrehen. Es schien leider, dass er keine eigentlichen Zähne hatte, – womit sollte er gleich den Schlüssel fassen? – aber dafür waren die Kiefer freilich sehr stark; mit ihrer Hilfe brachte er auch wirklich den Schlüssel in Bewegung und achtete nicht darauf, dass er sich zweifellos irgendeinen Schaden zufügte, denn eine braune Flüssigkeit kam ihm aus den Mund, floss über den Schlüssel und tropfte auf den Boden. »Hören Sie nur«, sagte der Prokurist im Nebenzimmer, »er dreht den Schlüssel um.« Das war für Gregor eine große Aufmunterung; aber alle hätten ihm zurufen sollen, auch der Vater und die Mutter: »Frisch, Gregor«, hätten sie rufen sollen, »immer nur heran, fest an das Schloss heran!« Und in der Vorstellung, dass alle seine Bemühungen mit Spannung verfolgten, verbiss er sich mit allem, was er an Kraft aufbringen konnte, besinnungslos in den Schlüssel. Je nach dem Fortschreiten der Drehung des Schlüssels umtanzte er das Schloss; hielt sich jetzt nur noch mit dem Munde aufrecht, und je nach Bedarf hing er sich an den Schlüssel oder drückte ihn dann wieder nieder mit der ganzen Last seines Körpers. Der hellere Klang des endlich zurückschnappenden Schlosses erweckte Gregor förmlich. Aufatmend sagte er sich: »Ich habe also den Schlosser nicht gebraucht«, und legte den Kopf auf die Klinke, um die Türe gänzlich zu öffnen.

Da er die Türe auf diese Weise öffnen musste, war sie eigentlich schon recht weit geöffnet, und er selbst noch nicht

---

7 **Sessel:** hier: Stuhl (Pragismus)

zu sehen. Er musste sich erst langsam um den einen Türflügel herumdrehen, und zwar sehr vorsichtig, wenn er nicht
gerade vor dem Eintritt ins Zimmer plump auf den Rücken
fallen wollte. Er war noch mit jener schwierigen Bewegung
beschäftigt und hatte nicht Zeit, auf anderes zu achten, da 5
hörte er schon den Prokuristen ein lautes »Oh!« ausstoßen
– es klang, wie wenn der Wind saust – und nun sah er ihn
auch, wie er, der der Nächste an der Türe war, die Hand gegen den offenen Mund drückte und langsam zurückwich,
als vertreibe ihn eine unsichtbare, gleichmäßig fortwirkende 10
Kraft. Die Mutter – sie stand hier trotz der Anwesenheit
des Prokuristen mit von der Nacht her noch aufgelösten,
hoch sich sträubenden Haaren – sah zuerst mit gefalteten
Händen den Vater an, ging dann zwei Schritte zu Gregor
hin und fiel inmitten ihrer rings um sie herum sich ausbrei- 15
tenden Röcke nieder, das Gesicht ganz unauffindbar zu ihrer Brust gesenkt. Der Vater ballte mit feindseligem Ausdruck die Faust, als wolle er Gregor in sein Zimmer zurück-
stoßen, sah sich dann unsicher im Wohnzimmer um, be-
schattete dann mit den Händen die Augen und weinte, dass 20
sich seine mächtige Brust schüttelte.

Gregor trat nun gar nicht in das Zimmer, sondern lehnte
sich von innen an den festgeriegelten Türflügel, sodass sein
Leib nur zur Hälfte und darüber der seitlich geneigte Kopf
zu sehen war, mit dem er zu den anderen hinüberlugte. Es 25
war inzwischen viel heller geworden; klar stand auf der anderen Straßenseite ein Ausschnitt des gegenüberliegenden,
endlosen, grauschwarzen Hauses – es war ein Krankenhaus
– mit seinen hart die Front durchbrechenden regelmäßigen
Fenstern; der Regen fiel noch nieder, aber nur mit großen, 30
einzeln sichtbaren und förmlich auch einzelnweise auf die
Erde hinuntergeworfenen Tropfen. Das Frühstücksgeschirr
stand in überreicher Zahl auf dem Tisch, denn für den Vater
war das Frühstück die wichtigste Mahlzeit des Tages, die
er bei der Lektüre verschiedener Zeitungen stundenlang 35
hinzog. Gerade an der gegenüberliegenden Wand hing eine
Photographie Gregors aus seiner Militärzeit, die ihn als

---

31 **förmlich:** mit einer wahrnehmbaren Form

Leutnant darstellte, wie er, die Hand am Degen, sorglos lächelnd, Respekt für seine Haltung und Uniform verlangte. Die Tür zum Vorzimmer war geöffnet, und man sah, da auch die Wohnungstür offen war, auf den Vorplatz der Wohnung hinaus und auf den Beginn der abwärts führenden Treppe.

»Nun«, sagte Gregor und war sich dessen wohl bewusst, dass er der Einzige war, der die Ruhe bewahrt hatte, »ich werde mich gleich anziehen, die Kollektion zusammenpacken und wegfahren. Wollt Ihr, wollt Ihr mich wegfahren lassen? Nun, Herr Prokurist, Sie sehen, ich bin nicht starrköpfig und ich arbeite gern; das Reisen ist beschwerlich, aber ich könnte ohne das Reisen nicht leben. Wohin gehen Sie denn, Herr Prokurist? Ins Geschäft? Ja? Werden Sie alles wahrheitsgetreu berichten? Man kann im Augenblick unfähig sein zu arbeiten, aber dann ist gerade der richtige Zeitpunkt, sich an die früheren Leistungen zu erinnern und zu bedenken, dass man später, nach Beseitigung des Hindernisses, gewiss desto fleißiger und gesammelter arbeiten wird. Ich bin ja dem Herrn Chef so sehr verpflichtet, das wissen Sie doch recht gut. Andererseits habe ich die Sorge um meine Eltern und die Schwester. Ich bin in der Klemme, ich werde mich aber auch wieder herausarbeiten. Machen Sie es mir aber nicht schwieriger, als es schon ist. Halten Sie im Geschäft meine Partei! Man liebt den Reisenden nicht, ich weiß. Man denkt, er verdient ein Heidengeld und führt dabei ein schönes Leben. Man hat eben keine besondere Veranlassung, dieses Vorurteil besser zu durchdenken. Sie aber, Herr Prokurist, Sie haben einen besseren Überblick über die Verhältnisse, als das sonstige Personal, ja sogar, ganz im Vertrauen gesagt, einen besseren Überblick, als der Herr Chef selbst, der in seiner Eigenschaft als Unternehmer sich in seinem Urteil leicht zu Ungunsten eines Angestellten beirren lässt. Sie wissen auch sehr wohl, dass der Reisende, der fast das ganze Jahr außerhalb des Geschäftes ist, so leicht ein Opfer von Klatschereien, Zufälligkeiten und grundlosen Beschwerden werden kann, gegen die sich

---

1 **Leutnant:** Offiziersrang im Militär | 9 **Kollektion:** s. Fußn.
zu 5,16 | 19 **gesammelter:** konzentrierter | 24 f. **Halten Sie …**
meine Partei!: Halten Sie zu mir! | 26 **Heidengeld:** sehr viel bzw.
übermäßig viel Geld

zu wehren ihm ganz unmöglich ist, da er von ihnen meistens gar nichts erfährt und nur dann, wenn er erschöpft eine Reise beendet hat, zu Hause die schlimmen, auf ihre Ursachen hin nicht mehr zu durchschauenden Folgen am eigenen Leibe zu spüren bekommt. Herr Prokurist, gehen Sie nicht weg, ohne mir ein Wort gesagt zu haben, das mir zeigt, dass Sie mir wenigstens zu einem kleinen Teil recht geben!«

Aber der Prokurist hatte sich schon bei den ersten Worten Gregors abgewendet, und nur über die zuckende Schulter hinweg sah er mit aufgeworfenen Lippen nach Gregor zurück. Und während Gregors Rede stand er keinen Augenblick still, sondern verzog sich, ohne Gregor aus den Augen zu lassen, gegen die Tür, aber ganz allmählich, als bestehe ein geheimes Verbot, das Zimmer zu verlassen. Schon war er im Vorzimmer, und nach der plötzlichen Bewegung, mit der er zum letzten Mal den Fuß aus dem Wohnzimmer zog, hätte man glauben können, er habe sich soeben die Sohle verbrannt. Im Vorzimmer aber streckte er die rechte Hand weit von sich zur Treppe hin, als warte dort auf ihn eine geradezu überirdische Erlösung.

Gregor sah ein, dass er den Prokuristen in dieser Stimmung auf keinen Fall weggehen lassen dürfe, wenn dadurch seine Stellung im Geschäft nicht aufs Äußerste gefährdet werden sollte. Die Eltern verstanden das alles nicht so gut; sie hatten sich in den langen Jahren die Überzeugung gebildet, dass Gregor in diesem Geschäft für sein Leben versorgt war, und hatten außerdem jetzt mit den augenblicklichen Sorgen so viel zu tun, dass ihnen jede Voraussicht abhandengekommen war. Aber Gregor hatte diese Voraussicht. Der Prokurist musste gehalten, beruhigt, überzeugt und schließlich gewonnen werden; die Zukunft Gregors und seiner Familie hing doch davon ab! Wäre doch die Schwester hier gewesen! Sie war klug; sie hatte schon geweint, als Gregor noch ruhig auf dem Rücken lag. Und gewiss hätte der Prokurist, dieser Damenfreund, sich von ihr lenken lassen; sie hätte die Wohnungstür zugemacht und ihm im Vorzimmer

den Schrecken ausgeredet. Aber die Schwester war eben
nicht da, Gregor selbst musste handeln. Und ohne daran zu
denken, dass er seine gegenwärtigen Fähigkeiten, sich zu
bewegen, noch gar nicht kannte, ohne auch daran zu den-
5 ken, dass seine Rede möglicher- ja wahrscheinlicherweise
wieder nicht verstanden worden war, verließ er den Türflügel; schob sich durch die Öffnung; wollte zum Prokuristen
hingehen, der sich schon am Geländer des Vorplatzes lä-
cherlicherweise mit beiden Händen festhielt; fiel aber so-
10 fort, nach einem Halt suchend, mit einem kleinen Schrei auf
seine vielen Beinchen nieder. Kaum war das geschehen,
fühlte er zum ersten Mal an diesem Morgen ein körperli-
ches Wohlbehagen; die Beinchen hatten festen Boden unter
sich; sie gehorchten vollkommen, wie er zu seiner Freude
15 merkte; strebten sogar darnach, ihn fortzutragen, wohin er
wollte; und schon glaubte er, die endgültige Besserung alles
Leidens stehe unmittelbar bevor. Aber im gleichen Augenblick, als er da schaukelnd vor verhaltener Bewegung, gar
nicht weit von seiner Mutter entfernt, ihr gerade gegenüber
20 auf dem Boden lag, sprang diese, die doch so ganz in sich
versunken schien, mit einem Male in die Höhe, die Arme
weit ausgestreckt, die Finger gespreizt, rief: »Hilfe, um
Gottes willen Hilfe!«, hielt den Kopf geneigt, als wolle sie
Gregor besser sehen, lief aber, im Widerspruch dazu, sinn-
25 los zurück; hatte vergessen, dass hinter ihr der gedeckte
Tisch stand; setzte sich, als sie bei ihm angekommen war,
wie in Zerstreutheit, eilig auf ihn; und schien gar nicht zu
merken, dass neben ihr aus der umgeworfenen großen
Kanne der Kaffee in vollem Strome auf den Teppich sich er-
30 goss.

»Mutter, Mutter«, sagte Gregor leise, und sah zu ihr hinauf. Der Prokurist war ihm für einen Augenblick ganz aus
dem Sinn gekommen; dagegen konnte er sich nicht versa-
gen, im Anblick des fließenden Kaffees mehrmals mit den
35 Kiefern ins Leere zu schnappen. Darüber schrie die Mutter
neuerdings auf, flüchtete vom Tisch und fiel dem ihr ent-
gegeneilenden Vater in die Arme. Aber Gregor hatte jetzt

---

36 **neuerdings:** erneut, noch einmal

keine Zeit für seine Eltern; der Prokurist war schon auf der Treppe; das Kinn auf dem Geländer, sah er noch zum letzten Male zurück. Gregor nahm einen Anlauf, um ihn möglichst sicher einzuholen; der Prokurist musste etwas ahnen, denn er machte einen Sprung über mehrere Stufen und verschwand; »Huh!« aber schrie er noch, es klang durchs ganze Treppenhaus. Leider schien nun auch diese Flucht des Prokuristen den Vater, der bisher verhältnismäßig gefasst gewesen war, völlig zu verwirren, denn statt selbst dem Prokuristen nachzulaufen oder wenigstens Gregor in der Verfolgung nicht zu hindern, packte er mit der Rechten den Stock des Prokuristen, den dieser mit Hut und Überzieher auf einem Sessel zurückgelassen hatte, holte mit der Linken eine große Zeitung vom Tisch und machte sich unter Füßestampfen daran, Gregor durch Schwenken des Stockes und der Zeitung in sein Zimmer zurückzutreiben. Kein Bitten Gregors half, kein Bitten wurde auch verstanden, er mochte den Kopf noch so demütig drehen, der Vater stampfte nur stärker mit den Füßen. Drüben hatte die Mutter trotz des kühlen Wetters ein Fenster aufgerissen, und hinausgelehnt drückte sie ihr Gesicht weit außerhalb des Fensters in ihre Hände. Zwischen Gasse und Treppenhaus entstand eine starke Zugluft, die Fenstervorhänge flogen auf, die Zeitungen auf dem Tische rauschten, einzelne Blätter wehten über den Boden hin. Unerbittlich drängte der Vater und stieß Zischlaute aus, wie ein Wilder. Nun hatte aber Gregor noch gar keine Übung im Rückwärtsgehen, es ging wirklich sehr langsam. Wenn sich Gregor nur hätte umdrehen dürfen, er wäre gleich in seinem Zimmer gewesen, aber er fürchtete sich, den Vater durch die zeitraubende Umdrehung ungeduldig zu machen, und jeden Augenblick drohte ihm doch von dem Stock in des Vaters Hand der tödliche Schlag auf den Rücken oder auf den Kopf. Endlich aber blieb Gregor doch nichts anderes übrig, denn er merkte mit Entsetzen, dass er im Rückwärtsgehen nicht einmal die Richtung einzuhalten verstand; und so begann er, unter unaufhörlichen ängstlichen Seitenblicken nach dem Vater, sich nach Mög-

---

12 **Überzieher:** Herrenmantel | 13 **Sessel:** hier: Stuhl (Pragismus)

lichkeit rasch, in Wirklichkeit aber doch nur sehr langsam umzudrehen. Vielleicht merkte der Vater seinen guten Willen, denn er störte ihn hierbei nicht, sondern dirigierte sogar hie und da die Drehbewegung von der Ferne mit der
5 Spitze seines Stockes. Wenn nur nicht dieses unerträgliche Zischen des Vaters gewesen wäre! Gregor verlor darüber ganz den Kopf. Er war schon fast ganz umgedreht, als er sich, immer auf dieses Zischen horchend, sogar irrte und sich wieder ein Stück zurückdrehte. Als er aber endlich
10 glücklich mit dem Kopf vor der Türöffnung war, zeigte es sich, dass sein Körper zu breit war, um ohne weiteres durchzukommen. Dem Vater fiel es natürlich in seiner gegenwärtigen Verfassung auch nicht entfernt ein, etwa den anderen Türflügel zu öffnen, um für Gregor einen genügen-
15 den Durchgang zu schaffen. Seine fixe Idee war bloß, dass Gregor so rasch als möglich in sein Zimmer müsse. Niemals hätte er auch die umständlichen Vorbereitungen gestattet, die Gregor brauchte, um sich aufzurichten und vielleicht auf diese Weise durch die Tür zu kommen. Vielmehr trieb er,
20 als gäbe es kein Hindernis, Gregor jetzt unter besonderem Lärm vorwärts; es klang schon hinter Gregor gar nicht mehr wie die Stimme bloß eines einzigen Vaters; nun gab es wirklich keinen Spaß mehr, und Gregor drängte sich – geschehe was wolle – in die Tür. Die eine Seite seines Körpers
25 hob sich, er lag schief in der Türöffnung, seine eine Flanke war ganz wundgerieben, an der weißen Tür blieben hässliche Flecken, bald steckte er fest und hätte sich allein nicht mehr rühren können, die Beinchen auf der einen Seite hingen zitternd oben in der Luft, die auf der anderen waren
30 schmerzhaft zu Boden gedrückt – da gab ihm der Vater von hinten einen jetzt wahrhaftig erlösenden starken Stoß, und er flog, heftig blutend, weit in sein Zimmer hinein. Die Tür wurde noch mit dem Stock zugeschlagen, dann war es endlich still.

---

15 **fixe Idee:** festsitzende Idee, Spleen, Zwangsvorstellung

II.

Erst in der Abenddämmerung erwachte Gregor aus seinem schweren ohnmachtsähnlichen Schlaf. Er wäre gewiss nicht viel später auch ohne Störung erwacht, denn er fühlte sich genügend ausgeruht und ausgeschlafen, doch schien es ihm, als hätte ihn ein flüchtiger Schritt und ein vorsichtiges Schließen der zum Vorzimmer führenden Tür geweckt. Der Schein der elektrischen Straßenlampen lag bleich hier und da auf der Zimmerdecke und auf den höheren Teilen der Möbel, aber unten bei Gregor war es finster. Langsam schob er sich, noch ungeschickt mit seinen Fühlern tastend, die er erst jetzt schätzen lernte, zur Türe hin, um nachzusehen, was dort geschehen war. Seine linke Seite schien eine einzige lange, unangenehm spannende Narbe und er musste auf seinen zwei Beinreihen regelrecht hinken. Ein Beinchen war übrigens im Laufe der vormittägigen Vorfälle schwer verletzt worden – es war fast ein Wunder, dass nur eines verletzt worden war – und schleppte leblos nach.

Erst bei der Tür merkte er, was ihn dorthin eigentlich gelockt hatte; es war der Geruch von etwas Essbarem gewesen. Denn dort stand ein Napf mit süßer Milch gefüllt, in der kleine Schnitten von Weißbrot schwammen. Fast hätte er vor Freude gelacht, denn er hatte noch größeren Hunger, als am Morgen, und gleich tauchte er seinen Kopf fast bis über die Augen in die Milch hinein. Aber bald zog er ihn enttäuscht wieder zurück; nicht nur, dass ihm das Essen wegen seiner heiklen linken Seite Schwierigkeiten machte – und er konnte nur essen, wenn der ganze Körper schnaufend mitarbeitete –, so schmeckte ihm überdies die Milch, die sonst sein Lieblingsgetränk war, und die ihm gewiss die Schwester deshalb hereingestellt hatte, gar nicht, ja er wandte sich fast mit Widerwillen von dem Napf ab und kroch in die Zimmermitte zurück.

Im Wohnzimmer war, wie Gregor durch die Türspalte sah, das Gas angezündet, aber während sonst zu dieser Tageszeit der Vater seine nachmittags erscheinende Zeitung

der Mutter und manchmal auch der Schwester mit erhobener Stimme vorzulesen pflegte, hörte man jetzt keinen Laut.
Nun vielleicht war dieses Vorlesen, von dem ihm die
Schwester immer erzählte und schrieb, in der letzten Zeit
überhaupt aus der Übung gekommen. Aber auch ringsherum war es so still, trotzdem doch gewiss die Wohnung
nicht leer war. »Was für ein stilles Leben die Familie doch
führte«, sagte sich Gregor und fühlte, während er starr vor
sich ins Dunkle sah, einen großen Stolz darüber, dass er seinen Eltern und seiner Schwester ein solches Leben in einer
so schönen Wohnung hatte verschaffen können. Wie aber,
wenn jetzt alle Ruhe, aller Wohlstand, alle Zufriedenheit ein
Ende mit Schrecken nehmen sollte? Um sich nicht in solche
Gedanken zu verlieren, setzte sich Gregor lieber in Bewegung und kroch im Zimmer auf und ab.

Einmal während des langen Abends wurde die eine Sei-
tentüre und einmal die andere bis zu einer kleinen Spalte
geöffnet und rasch wieder geschlossen; jemand hatte wohl
das Bedürfnis hereinzukommen, aber auch wieder zu viele
Bedenken. Gregor machte nun unmittelbar bei der Wohnzimmertür halt, entschlossen, den zögernden Besucher doch
irgendwie hereinzubringen oder doch wenigstens zu erfahren, wer es sei; aber nun wurde die Tür nicht mehr geöffnet und Gregor wartete vergebens. Früh, als die Türen versperrt waren, hatten alle zu ihm hereinkommen wollen,
jetzt, da er die eine Tür geöffnet hatte und die anderen offenbar während des Tages geöffnet worden waren, kam kei-
ner mehr, und die Schlüssel steckten nun auch von außen.

Spät erst in der Nacht wurde das Licht im Wohnzimmer
ausgelöscht, und nun war leicht festzustellen, dass die Eltern
und die Schwester so lange wachgeblieben waren, denn wie
man genau hören konnte, entfernten sich jetzt alle drei auf
den Fußspitzen. Nun kam gewiss bis zum Morgen niemand
mehr zu Gregor herein; er hatte also eine lange Zeit, um ungestört zu überlegen, wie er sein Leben jetzt neu ordnen
sollte. Aber das hohe freie Zimmer, in dem er gezwungen ↗
war, flach auf dem Boden zu liegen, ängstigte ihn, ohne dass

---

13 **Ende mit Schrecken:** Anspielung auf das Sprichwort »Lieber ein
Ende mit Schrecken, als ein Schrecken ohne Ende«

er die Ursache herausfinden konnte, denn es war ja sein seit fünf Jahren von ihm bewohntes Zimmer – und mit einer halb unbewussten Wendung und nicht ohne eine leichte Scham eilte er unter das Kanapee, wo er sich, trotzdem sein Rücken ein wenig gedrückt wurde und trotzdem er den Kopf nicht mehr erheben konnte, gleich sehr behaglich fühlte und nur bedauerte, dass sein Körper zu breit war, um vollständig unter dem Kanapee untergebracht zu werden.

Dort blieb er die ganze Nacht, die er zum Teil im Halbschlaf, aus dem ihn der Hunger immer wieder aufschreckte, verbrachte, zum Teil aber in Sorgen und undeutlichen Hoffnungen, die aber alle zu dem Schlusse führten, dass er sich vorläufig ruhig verhalten und durch Geduld und größte Rücksichtnahme der Familie die Unannehmlichkeiten erträglich machen müsse, die er ihr in seinem gegenwärtigen Zustand nun einmal zu verursachen gezwungen war.

Schon am frühen Morgen, es war fast noch Nacht, hatte Gregor Gelegenheit, die Kraft seiner eben gefassten Entschlüsse zu prüfen, denn vom Vorzimmer her öffnete die Schwester, fast völlig angezogen, die Tür und sah mit Spannung herein. Sie fand ihn nicht gleich, aber als sie ihn unter dem Kanapee bemerkte – Gott, er musste doch irgendwo sein, er hatte doch nicht wegfliegen können – erschrak sie so sehr, dass sie, ohne sich beherrschen zu können, die Tür von außen wieder zuschlug. Aber als bereue sie ihr Benehmen, öffnete sie die Tür sofort wieder und trat, als sei sie bei einem Schwerkranken oder gar bei einem Fremden, auf den Fußspitzen herein. Gregor hatte den Kopf bis knapp zum Rande des Kanapees vorgeschoben und beobachtete sie. Ob sie wohl bemerken würde, dass er die Milch stehen gelassen hatte, und zwar keineswegs aus Mangel an Hunger, und ob sie eine andere Speise hereinbringen würde, die ihm besser entsprach? Täte sie es nicht von selbst, er wollte lieber verhungern, als sie darauf aufmerksam machen, trotzdem es ihn eigentlich ungeheuer drängte, unterm Kanapee vorzuschießen, sich der Schwester zu Füßen zu werfen und sie um irgendetwas Gutes zum Essen zu bitten. Aber die

---

4 **Kanapee:** Couch, Sofa

Schwester bemerkte sofort mit Verwunderung den noch vollen Napf, aus dem nur ein wenig Milch ringsherum verschüttet war, sie hob ihn gleich auf, zwar nicht mit den bloßen Händen, sondern mit einem Fetzen, und trug ihn hinaus. Gregor war äußerst neugierig, was sie zum Ersatze bringen würde, und er machte sich die verschiedensten Gedanken darüber. Niemals aber hätte er erraten können, was die Schwester in ihrer Güte wirklich tat. Sie brachte ihm, um seinen Geschmack zu prüfen, eine ganze Auswahl, alles auf einer alten Zeitung ausgebreitet. Da war altes halbverfaultes Gemüse; Knochen vom Nachtmahl her, die von festgewordener weißer Sauce umgeben waren; ein paar Rosinen und Mandeln; ein Käse, den Gregor vor zwei Tagen für ungenießbar erklärt hatte; ein trockenes Brot, ein mit Butter beschmiertes Brot und ein mit Butter beschmiertes und gesalzenes Brot. Außerdem stellte sie zu dem allen noch den wahrscheinlich ein für allemal für Gregor bestimmten Napf, in den sie Wasser gegossen hatte. Und aus Zartgefühl, da sie wusste, dass Gregor vor ihr nicht essen würde, entfernte sie sich eiligst und drehte sogar den Schlüssel um, damit nur Gregor merken könne, dass er es sich so behaglich machen dürfe, wie er wolle. Gregors Beinchen schwirrten, als es jetzt zum Essen ging. Seine Wunden mussten übrigens auch schon vollständig geheilt sein, er fühlte keine Behinderung mehr, er staunte darüber und dachte daran, wie er vor mehr als einem Monat sich mit dem Messer ganz wenig in den Finger geschnitten, und wie ihm diese Wunde noch vorgestern genug wehgetan hatte. »Sollte ich jetzt weniger Feingefühl haben?«, dachte er und saugte schon gierig an dem Käse, zu dem es ihn vor allen anderen Speisen sofort und nachdrücklich gezogen hatte. Rasch hintereinander und mit vor Befriedigung tränenden Augen verzehrte er den Käse, das Gemüse und die Sauce; die frischen Speisen dagegen schmeckten ihm nicht, er konnte nicht einmal ihren Geruch vertragen und schleppte sogar die Sachen, die er essen wollte, ein Stückchen weiter weg. Er war schon längst mit allem fertig und lag nur noch faul auf der gleichen Stelle, als

---

4 **Fetzen:** hier: Putzlappen

die Schwester zum Zeichen, dass er sich zurückziehen solle, langsam den Schlüssel umdrehte. Das schreckte ihn sofort auf, trotzdem er schon fast schlummerte, und er eilte wieder unter das Kanapee. Aber es kostete ihn große Selbstüberwindung, auch nur die kurze Zeit, während welcher die Schwester im Zimmer war, unter dem Kanapee zu bleiben, denn von dem reichlichen Essen hatte sich sein Leib ein wenig gerundet und er konnte dort in der Enge kaum atmen. Unter kleinen Erstickungsanfällen sah er mit etwas hervorgequollenen Augen zu, wie die nichtsahnende Schwester mit einem Besen nicht nur die Überbleibsel zusammenkehrte, sondern selbst die von Gregor gar nicht berührten Speisen, als seien also auch diese nicht mehr zu gebrauchen, und wie sie alles hastig in einen Kübel schüttete, den sie mit einem Holzdeckel schloss, worauf sie alles hinaustrug. Kaum hatte sie sich umgedreht, zog sich schon Gregor unter dem Kanapee hervor und streckte und blähte sich.

Auf diese Weise bekam nun Gregor täglich sein Essen, einmal am Morgen, wenn die Eltern und das Dienstmädchen noch schliefen, das zweite Mal nach dem allgemeinen Mittagessen, denn dann schliefen die Eltern gleichfalls noch ein Weilchen, und das Dienstmädchen wurde von der Schwester mit irgendeiner Besorgung weggeschickt. Gewiss wollten auch sie nicht, dass Gregor verhungere, aber vielleicht hätten sie es nicht ertragen können, von seinem Essen mehr als durch Hörensagen zu erfahren, vielleicht wollte die Schwester ihnen auch eine möglicherweise nur kleine Trauer ersparen, denn tatsächlich litten sie ja gerade genug.

Mit welchen Ausreden man an jenem ersten Vormittag den Arzt und den Schlosser wieder aus der Wohnung geschafft hatte, konnte Gregor gar nicht erfahren, denn da er nicht verstanden wurde, dachte niemand daran, auch die Schwester nicht, dass er die Anderen verstehen könne, und so musste er sich, wenn die Schwester in seinem Zimmer war, damit begnügen, nur hier und da ihre Seufzer und Anrufe der Heiligen zu hören. Erst später, als sie sich ein wenig an alles gewöhnt hatte – von vollständiger Gewöhnung konnte natürlich niemals die Rede sein –, erhaschte Gregor manchmal eine Bemerkung, die freundlich gemeint war oder so gedeutet werden konnte. »Heute hat es ihm aber geschmeckt«, sagte sie, wenn Gregor unter dem Essen tüchtig aufgeräumt hatte, während sie im gegenteiligen Fall, der sich allmählich immer häufiger wiederholte, fast traurig zu sagen pflegte: »Nun ist wieder alles stehen geblieben.«

Während aber Gregor unmittelbar keine Neuigkeit erfahren konnte, erhorchte er manches aus den Nebenzimmern, und wo er nur einmal Stimmen hörte, lief er gleich zu der betreffenden Tür und drückte sich mit ganzem Leib an sie. Besonders in der ersten Zeit gab es kein Gespräch, das nicht irgendwie, wenn auch nur im Geheimen, von ihm handelte. Zwei Tage lang waren bei allen Mahlzeiten Beratungen darüber zu hören, wie man sich jetzt verhalten solle; aber auch zwischen den Mahlzeiten sprach man über das gleiche Thema, denn immer waren zumindest zwei Familienmitglieder zu Hause, da wohl niemand allein zu Hause bleiben wollte und man die Wohnung doch auf keinen Fall gänzlich verlassen konnte. Auch hatte das Dienstmädchen gleich am ersten Tag – es war nicht ganz klar, was und wieviel sie von dem Vorgefallenen wusste – kniefällig die Mutter gebeten, sie sofort zu entlassen, und als sie sich eine Viertelstunde danach verabschiedete, dankte sie für die Entlassung unter Tränen, wie für die größte Wohltat, die man ihr hier erwiesen hatte, und gab, ohne dass man es von ihr verlangte, einen fürchterlichen Schwur ab, niemandem auch nur das Geringste zu verraten.

Nun musste die Schwester im Verein mit der Mutter auch kochen; allerdings machte das nicht viel Mühe, denn man aß fast nichts. Immer wieder hörte Gregor, wie der eine den anderen vergebens zum Essen aufforderte und keine andere Antwort bekam, als: »Danke, ich habe genug« oder etwas Ähnliches. Getrunken wurde vielleicht auch nichts. Öfters fragte die Schwester den Vater, ob er Bier haben wolle, und herzlich erbot sie sich, es selbst zu holen, und als der Vater schwieg, sagte sie, um ihm jedes Bedenken zu nehmen, sie

---

36 **es selbst zu holen:** wahrscheinlich wie damals üblich mit einem großen Krug oder einer Kanne aus dem Gasthaus, nicht in abgefüllten Flaschen

↗ könne auch die Hausmeisterin darum schicken, aber dann sagte der Vater schließlich ein großes »Nein«, und es wurde nicht mehr davon gesprochen.

Schon im Laufe des ersten Tages legte der Vater die ganzen Vermögensverhältnisse und Aussichten sowohl der Mutter, als auch der Schwester dar. Hie und da stand er vom Tische auf und holte aus seiner kleinen Wertheimkassa, die er aus dem vor fünf Jahren erfolgten Zusammenbruch seines Geschäftes gerettet hatte, irgendeinen Beleg oder irgendein Vormerkbuch. Man hörte, wie er das komplizierte Schloss aufsperrte und nach Entnahme des Gesuchten wieder verschloss. Diese Erklärungen des Vaters waren zum Teil das erste Erfreuliche, was Gregor seit seiner Gefangenschaft zu hören bekam. Er war der Meinung gewesen, dass dem Vater von jenem Geschäft her nicht das Geringste übrig geblieben war, zumindest hatte ihm der Vater nichts Gegenteiliges gesagt, und Gregor allerdings hatte ihn auch nicht darum gefragt. Gregors Sorge war damals nur gewesen, alles daranzusetzen, um die Familie das geschäftliche Unglück, das alle in eine vollständige Hoffnungslosigkeit gebracht hatte, möglichst rasch vergessen zu lassen. Und so hatte er damals mit ganz besonderem Feuer zu arbeiten angefangen und war fast über Nacht aus einem kleinen Kommis ein Reisender geworden, der natürlich ganz andere Möglichkeiten des Geldverdienens hatte, und dessen Arbeitserfolge sich sofort in Form der Provision zu Bargeld verwandelten, das der erstaunten und beglückten Familie zu Hause auf den Tisch gelegt werden konnte. Es waren schöne Zeiten gewesen, und niemals nachher hatten sie sich, wenigstens in diesem Glanze, wiederholt, trotzdem Gregor später so viel Geld verdiente, dass er den Aufwand der ganzen Familie zu tragen imstande war und auch trug. Man hatte sich eben daran gewöhnt, sowohl die Familie, als auch Gregor, man nahm das Geld dankbar an, er lieferte es gern ab, aber eine besondere Wärme wollte sich nicht mehr ergeben. Nur die Schwester war Gregor doch noch nahe geblieben, und es war sein geheimer Plan, sie, die zum Unterschied von Gre-

---

7 **Wertheimkassa:** großer Aktenschrank, hergestellt von der Firma Wertheim | 10 **Vormerkbuch:** Auftragsbuch eines Handelsvertreters | 13 **Gefangenschaft:** s. Anm. zu 6,4f. | 23 **Kommis:** Handlungsgehilfe für die Erledigung einfacher Aufgaben | 26 **Provision:** prozentuale Beteiligung z.B. am Umsatz | 30 **trotzdem:** obwohl

gor Musik sehr liebte und rührend Violine zu spielen verstand, nächstes Jahr, ohne Rücksicht auf die großen Kosten,
die das verursachen musste, und die man schon auf andere
Weise hereinbringen würde, auf das Konservatorium zu
5 schicken. Öfters während der kurzen Aufenthalte Gregors
in der Stadt wurde in den Gesprächen mit der Schwester
das Konservatorium erwähnt, aber immer nur als schöner
Traum, an dessen Verwirklichung nicht zu denken war, und
die Eltern hörten nicht einmal diese unschuldigen Erwäh-
10 nungen gern; aber Gregor dachte sehr bestimmt daran und
beabsichtigte, es am Weihnachtsabend feierlich zu erklären.

Solche in seinem gegenwärtigen Zustand ganz nutzlose
Gedanken gingen ihm durch den Kopf, während er dort
aufrecht an der Türe klebte und horchte. Manchmal konnte
15 er vor allgemeiner Müdigkeit gar nicht mehr zuhören und
ließ den Kopf nachlässig gegen die Tür schlagen, hielt ihn
aber sofort wieder fest, denn selbst das kleine Geräusch, das
er damit verursacht hatte, war nebenan gehört worden und
hatte alle verstummen lassen. »Was er nur wieder treibt«,
20 sagte der Vater nach einer Weile, offenbar zur Türe hinge-
wendet, und dann erst wurde das unterbrochene Gespräch
allmählich wieder aufgenommen.

Gregor erfuhr nun zur Genüge – denn der Vater pflegte
sich in seinen Erklärungen öfters zu wiederholen, teils, weil
25 er selbst sich mit diesen Dingen schon lange nicht beschäftigt hatte, teils auch, weil die Mutter nicht alles gleich beim
ersten Mal verstand –, dass trotz allen Unglücks ein allerdings ganz kleines Vermögen aus der alten Zeit noch vor-
handen war, das die nicht angerührten Zinsen in der Zwi-
30 schenzeit ein wenig hatten anwachsen lassen. Außerdem
aber war das Geld, das Gregor allmonatlich nach Hause gebracht hatte – er selbst hatte nur ein paar Gulden für sich
behalten –, nicht vollständig aufgebraucht worden und hatte
sich zu einem kleinen Kapital angesammelt. Gregor, hinter
35 seiner Türe, nickte eifrig, erfreut über diese unerwartete
Vorsicht und Sparsamkeit. Eigentlich hätte er ja mit diesen
überschüssigen Geldern die Schuld des Vaters gegenüber

---

4 **Konservatorium:** hochschulartige Musikschule

dem Chef weiter abgetragen haben können, und jener Tag, an dem er diesen Posten hätte loswerden können, wäre weit näher gewesen, aber jetzt war es zweifellos besser so, wie es der Vater eingerichtet hatte.

Nun genügte dieses Geld aber ganz und gar nicht, um die Familie etwa von den Zinsen leben zu lassen; es genügte vielleicht, um die Familie ein, höchstens zwei Jahre zu erhalten, mehr war es nicht. Es war also bloß eine Summe, die man eigentlich nicht angreifen durfte, und die für den Notfall zurückgelegt werden musste; das Geld zum Leben aber musste man verdienen. Nun war aber der Vater ein zwar gesunder, aber alter Mann, der schon fünf Jahre nichts gearbeitet hatte und sich jedenfalls nicht viel zutrauen durfte; er hatte in diesen fünf Jahren, welche die ersten Ferien seines mühevollen und doch erfolglosen Lebens waren, viel Fett angesetzt und war dadurch recht schwerfällig geworden. Und die alte Mutter sollte nun vielleicht Geld verdienen, die an Asthma litt, der eine Wanderung durch die Wohnung schon Anstrengung verursachte, und die jeden zweiten Tag in Atembeschwerden auf dem Sofa beim offenen Fenster verbrachte? Und die Schwester sollte Geld verdienen, die noch ein Kind war mit ihren siebzehn Jahren, und der ihre bisherige Lebensweise so sehr zu gönnen war, die daraus bestanden hatte, sich nett zu kleiden, lange zu schlafen, in der Wirtschaft mitzuhelfen, an ein paar bescheidenen Vergnügungen sich zu beteiligen und vor allem Violine zu spielen? Wenn die Rede auf diese Notwendigkeit des Geldverdienens kam, ließ zuerst immer Gregor die Türe los und warf sich auf das neben der Tür befindliche kühle Ledersofa, denn ihm war ganz heiß vor Beschämung und Trauer.

Oft lag er dort die ganzen langen Nächte über, schlief keinen Augenblick und scharrte nur stundenlang auf dem Leder. Oder er scheute nicht die große Mühe, einen Sessel zum Fenster zu schieben, dann die Fensterbrüstung hinaufzukriechen und, in den Sessel gestemmt, sich ans Fenster zu lehnen, offenbar nur in irgendeiner Erinnerung an das Befreiende, das früher für ihn darin gelegen war, aus dem Fen-

ster zu schauen. Denn tatsächlich sah er von Tag zu Tag die auch nur ein wenig entfernten Dinge immer undeutlicher; das gegenüberliegende Krankenhaus, dessen nur allzu häufigen Anblick er früher verflucht hatte, bekam er überhaupt
5 nicht mehr zu Gesicht, und wenn er nicht genau gewusst hätte, dass er in der stillen, aber völlig städtischen Charlottenstraße wohnte, hätte er glauben können, von seinem Fenster aus in eine Einöde zu schauen, in welcher der graue Himmel und die graue Erde ununterscheidbar sich vereinig-
10 ten. Nur zweimal hatte die aufmerksame Schwester sehen müssen, dass der Sessel beim Fenster stand, als sie schon jedes Mal, nachdem sie das Zimmer aufgeräumt hatte, den Sessel wieder genau zum Fenster hinschob, ja sogar von nun ab den inneren Fensterflügel offen ließ.
15 Hätte Gregor nur mit der Schwester sprechen und ihr für alles danken können, was sie für ihn machen musste, er hätte ihre Dienste leichter ertragen; so aber litt er darunter. Die Schwester suchte freilich die Peinlichkeit des Ganzen möglichst zu verwischen, und je längere Zeit verging, desto
20 besser gelang es ihr natürlich auch, aber auch Gregor durchschaute mit der Zeit alles viel genauer. Schon ihr Eintritt war für ihn schrecklich. Kaum war sie eingetreten, lief sie, ohne sich Zeit zu nehmen, die Türe zu schließen, so sehr sie sonst darauf achtete, jedem den Anblick von Gregors Zim-
25 mer zu ersparen, geradewegs zum Fenster und riss es, als ersticke sie fast, mit hastigen Händen auf, blieb auch, selbst wenn es noch so kalt war, ein Weilchen beim Fenster und atmete tief. Mit diesem Laufen und Lärmen erschreckte sie Gregor täglich zweimal; die ganze Zeit über zitterte er unter
30 dem Kanapee und wusste doch sehr gut, dass sie ihn gewiss gerne damit verschont hätte, wenn es ihr nur möglich gewesen wäre, sich in einem Zimmer, in dem sich Gregor befand, bei geschlossenem Fenster aufzuhalten.
Einmal, es war wohl schon ein Monat seit Gregors Ver-
35 wandlung vergangen, und es war doch schon für die Schwester kein besonderer Grund mehr, über Gregors Aussehen in Erstaunen zu geraten, kam sie ein wenig früher als sonst

und traf Gregor noch an, wie er, unbeweglich und so recht zum Erschrecken aufgestellt, aus dem Fenster schaute. Es wäre für Gregor nicht unerwartet gewesen, wenn sie nicht eingetreten wäre, da er sie durch seine Stellung verhinderte, sofort das Fenster zu öffnen, aber sie trat nicht nur nicht ein, sie fuhr sogar zurück und schloss die Tür; ein Fremder hätte geradezu denken können, Gregor habe ihr aufgelauert und habe sie beißen wollen. Gregor versteckte sich natürlich sofort unter dem Kanapee, aber er musste bis zum Mittag warten, ehe die Schwester wiederkam, und sie schien viel unruhiger als sonst. Er erkannte daraus, dass ihr sein Anblick noch immer unerträglich war und ihr auch weiterhin unerträglich bleiben müsse, und dass sie sich wohl sehr überwinden musste, vor dem Anblick auch nur der kleinen Partie seines Körpers nicht davonzulaufen, mit der er unter dem Kanapee hervorragte. Um ihr auch diesen Anblick zu ersparen, trug er eines Tages auf seinem Rücken – er brauchte zu dieser Arbeit vier Stunden – das Leintuch auf das Kanapee und ordnete es in einer solchen Weise an, dass er nun gänzlich verdeckt war, und dass die Schwester, selbst wenn sie sich bückte, ihn nicht sehen konnte. Wäre dieses Leintuch ihrer Meinung nach nicht nötig gewesen, dann hätte sie es ja entfernen können, denn dass es nicht zum Vergnügen Gregors gehören konnte, sich so ganz und gar abzusperren, war doch klar genug, aber sie ließ das Leintuch, so wie es war, und Gregor glaubte sogar einen dankbaren Blick erhascht zu haben, als er einmal mit dem Kopf vorsichtig das Leintuch ein wenig lüftete, um nachzusehen, wie die Schwester die neue Einrichtung aufnahm.

In den ersten vierzehn Tagen konnten es die Eltern nicht über sich bringen, zu ihm hereinzukommen, und er hörte oft, wie sie die jetzige Arbeit der Schwester völlig anerkannten, während sie sich bisher häufig über die Schwester geärgert hatten, weil sie ihnen als ein etwas nutzloses Mädchen erschienen war. Nun aber warteten oft beide, der Vater und die Mutter, vor Gregors Zimmer, während die Schwester dort aufräumte, und kaum war sie herausgekommen, musste

28 **lüftete:** anhob

sie ganz genau erzählen, wie es in dem Zimmer aussah, was Gregor gegessen hatte, wie er sich diesmal benommen hatte, und ob vielleicht eine kleine Besserung zu bemerken war. Die Mutter übrigens wollte verhältnismäßig bald Gregor besuchen, aber der Vater und die Schwester hielten sie zuerst mit Vernunftgründen zurück, denen Gregor sehr aufmerksam zuhörte, und die er vollständig billigte. Später aber musste man sie mit Gewalt zurückhalten, und wenn sie dann rief: »Lasst mich doch zu Gregor, er ist ja mein unglücklicher Sohn! Begreift ihr es denn nicht, dass ich zu ihm muss?«, dann dachte Gregor, dass es vielleicht doch gut wäre, wenn die Mutter hereinkäme, nicht jeden Tag natürlich, aber vielleicht einmal in der Woche; sie verstand doch alles viel besser als die Schwester, die trotz all ihrem Mute doch nur ein Kind war und im letzten Grunde vielleicht nur aus kindlichem Leichtsinn eine so schwere Aufgabe übernommen hatte.

Der Wunsch Gregors, die Mutter zu sehen, ging bald in Erfüllung. Während des Tages wollte Gregor schon aus Rücksicht auf seine Eltern sich nicht beim Fenster zeigen, kriechen konnte er aber auf den paar Quadratmetern des Fußbodens auch nicht viel, das ruhige Liegen ertrug er schon während der Nacht schwer, das Essen machte ihm bald nicht mehr das geringste Vergnügen, und so nahm er zur Zerstreuung die Gewohnheit an, kreuz und quer über Wände und Plafond zu kriechen. Besonders oben auf der Decke hing er gern; es war ganz anders, als das Liegen auf dem Fußboden; man atmete freier; ein leichtes Schwingen ging durch den Körper; und in der fast glücklichen Zerstreutheit, in der sich Gregor dort oben befand, konnte es geschehen, dass er zu seiner eigenen Überraschung sich losließ und auf den Boden klatschte. Aber nun hatte er natürlich seinen Körper ganz anders in der Gewalt als früher und beschädigte sich selbst bei einem so großen Falle nicht. Die Schwester nun bemerkte sofort die neue Unterhaltung, die Gregor für sich gefunden hatte – er hinterließ ja auch beim Kriechen hie und da Spuren seines Klebstoffes –, und da

---

26 **Plafond:** Zimmerdecke

setzte sie es sich in den Kopf, Gregor das Kriechen in größtem Ausmaße zu ermöglichen und die Möbel, die es verhinderten, also vor allem den Kasten und den Schreibtisch, wegzuschaffen. Nun war sie aber nicht imstande, dies allein zu tun; den Vater wagte sie nicht um Hilfe zu bitten; das 5 Dienstmädchen hätte ihr ganz gewiss nicht geholfen, denn dieses etwa sechzehnjährige Mädchen harrte zwar tapfer seit Entlassung der früheren Köchin aus, hatte aber um die Vergünstigung gebeten, die Küche unaufhörlich versperrt halten zu dürfen und nur auf besonderen Anruf öffnen zu 10 müssen; so blieb der Schwester also nichts übrig, als einmal in Abwesenheit des Vaters die Mutter zu holen. Mit Ausrufen erregter Freude kam die Mutter auch heran, verstummte aber an der Tür vor Gregors Zimmer. Zuerst sah natürlich die Schwester nach, ob alles im Zimmer in Ordnung war; 15 dann erst ließ sie die Mutter eintreten. Gregor hatte in größter Eile das Leintuch noch tiefer und mehr in Falten gezogen, das Ganze sah wirklich nur wie ein zufällig über das Kanapee geworfenes Leintuch aus. Gregor unterließ auch diesmal, unter dem Leintuch zu spionieren; er verzichtete 20 darauf, die Mutter schon diesmal zu sehen, und war nur froh, dass sie nun doch gekommen war. »Komm nur, man sieht ihn nicht«, sagte die Schwester, und offenbar führte sie die Mutter an der Hand. Gregor hörte nun, wie die zwei schwachen Frauen den immerhin schweren alten Kasten 25 von seinem Platze rückten, und wie die Schwester immerfort den größten Teil der Arbeit für sich beanspruchte, ohne auf die Warnungen der Mutter zu hören, welche fürchtete, dass sie sich überanstrengen werde. Es dauerte sehr lange. Wohl nach schon viertelstündiger Arbeit sagte die Mutter, 30 man solle den Kasten doch lieber hier lassen, denn erstens sei er zu schwer, sie würden vor Ankunft des Vaters nicht fertig werden und mit dem Kasten in der Mitte des Zimmers Gregor jeden Weg verrammeln, zweitens aber sei es doch gar nicht sicher, dass Gregor mit der Entfernung der 35 Möbel ein Gefallen geschehe. Ihr scheine das Gegenteil der Fall zu sein; ihr bedrücke der Anblick der leeren Wand ge-

---

8 f. **Vergünstigung:** hier: Erlaubnis | 20 **zu spionieren:** heimlich hervorzuschauen

radezu das Herz; und warum solle nicht auch Gregor diese
Empfindung haben, da er doch an die Zimmermöbel längst
gewöhnt sei und sich deshalb im leeren Zimmer verlassen
fühlen werde. »Und ist es dann nicht so«, schloss die Mutter
5 ganz leise, wie sie überhaupt fast flüsterte, als wolle sie vermeiden, dass Gregor, dessen genauen Aufenthalt sie ja nicht
kannte, auch nur den Klang der Stimme höre, denn dass er
die Worte nicht verstand, davon war sie überzeugt, »und ist
es nicht so, als ob wir durch die Entfernung der Möbel zeig-
10 ten, dass wir jede Hoffnung auf Besserung aufgeben und ihn
rücksichtslos sich selbst überlassen? Ich glaube, es wäre das
Beste, wir suchen das Zimmer genau in dem Zustand zu erhalten, in dem es früher war, damit Gregor, wenn er wieder
zu uns zurückkommt, alles unverändert findet und umso
15 leichter die Zwischenzeit vergessen kann.«

Beim Anhören dieser Worte der Mutter erkannte Gregor,
dass der Mangel jeder unmittelbaren menschlichen Anspra-
che, verbunden mit dem einförmigen Leben inmitten der
Familie, im Laufe dieser zwei Monate seinen Verstand hatte
20 verwirren müssen, denn anders konnte er es sich nicht erklären, dass er ernsthaft darnach hatte verlangen können,
dass sein Zimmer ausgeleert würde. Hatte er wirklich Lust,
das warme, mit ererbten Möbeln gemütlich ausgestattete
Zimmer in eine Höhle verwandeln zu lassen, in der er dann
25 freilich nach allen Richtungen ungestört würde kriechen
können, jedoch auch unter gleichzeitigem, schnellen, gänzlichen Vergessen seiner menschlichen Vergangenheit? War er
doch jetzt schon nahe daran, zu vergessen, und nur die seit
langem nicht gehörte Stimme der Mutter hatte ihn aufge-
30 rüttelt. Nichts sollte entfernt werden; alles musste bleiben;
die guten Einwirkungen der Möbel auf seinen Zustand
konnte er nicht entbehren; und wenn die Möbel ihn hinder-
ten, das sinnlose Herumkriechen zu betreiben, so war es
kein Schaden, sondern ein großer Vorteil.

35 Aber die Schwester war leider anderer Meinung; sie hatte
sich, allerdings nicht ganz unberechtigt, angewöhnt, bei
Besprechung der Angelegenheiten Gregors als besonders

---

24 Höhle: als Tierbehausung

Sachverständige gegenüber den Eltern aufzutreten, und so war auch jetzt der Rat der Mutter für die Schwester Grund genug, auf der Entfernung nicht nur des Kastens und des Schreibtisches, an die sie zuerst allein gedacht hatte, sondern auf der Entfernung sämtlicher Möbel, mit Ausnahme des unentbehrlichen Kanapees, zu bestehen. Es war natürlich nicht nur kindlicher Trotz und das in der letzten Zeit so unerwartet und schwer erworbene Selbstvertrauen, das sie zu dieser Forderung bestimmte; sie hatte doch auch tatsächlich beobachtet, dass Gregor viel Raum zum Kriechen brauchte, dagegen die Möbel, so weit man sehen konnte, nicht im Geringsten benützte. Vielleicht aber spielte auch der schwärmerische Sinn der Mädchen ihres Alters mit, der bei jeder Gelegenheit seine Befriedigung sucht, und durch den Grete jetzt sich dazu verlocken ließ, die Lage Gregors noch schreckenerregender machen zu wollen, um dann noch mehr als bis jetzt für ihn leisten zu können. Denn in einen Raum, in dem Gregor ganz allein die leeren Wände beherrschte, würde wohl kein Mensch außer Grete jemals einzutreten sich getrauen.

Und so ließ sie sich von ihrem Entschlusse durch die Mutter nicht abbringen, die auch in diesem Zimmer vor lauter Unruhe unsicher schien, bald verstummte und der Schwester nach Kräften beim Hinausschaffen des Kastens half. Nun, den Kasten konnte Gregor im Notfall noch entbehren, aber schon der Schreibtisch musste bleiben. Und kaum hatten die Frauen mit dem Kasten, an den sie sich ächzend drückten, das Zimmer verlassen, als Gregor den Kopf unter dem Kanapee hervorstieß, um zu sehen, wie er vorsichtig und möglichst rücksichtsvoll eingreifen könnte. Aber zum Unglück war es gerade die Mutter, welche zuerst zurückkehrte, während Grete im Nebenzimmer den Kasten umfangen hielt und ihn allein hin- und herschwang, ohne ihn natürlich von der Stelle zu bringen. Die Mutter aber war Gregors Anblick nicht gewöhnt, er hätte sie krank machen können, und so eilte Gregor erschrocken im Rückwärtslauf bis an das andere Ende des Kanapees, konnte es aber nicht mehr verhindern, dass das Leintuch vorne ein wenig sich bewegte. Das genügte, um die Mutter aufmerksam zu machen. Sie stockte, stand einen Augenblick still und ging dann zu Grete zurück.

5 Trotzdem sich Gregor immer wieder sagte, dass ja nichts Außergewöhnliches geschehe, sondern nur ein paar Möbel umgestellt würden, wirkte doch, wie er sich bald eingestehen musste, dieses Hin- und Hergehen der Frauen, ihre kleinen Zurufe, das Kratzen der Möbel auf dem Boden, wie 10 ein großer, von allen Seiten genährter Trubel auf ihn, und er musste sich, so fest er Kopf und Beine an sich zog und den Leib bis an den Boden drückte, unweigerlich sagen, dass er das Ganze nicht lange aushalten werde. Sie räumten ihm sein Zimmer aus; nahmen ihm alles, was ihm lieb war; den 15 Kasten, in dem die Laubsäge und andere Werkzeuge lagen, hatten sie schon hinausgetragen; lockerten jetzt den schon im Boden fest eingegrabenen Schreibtisch, an dem er als ⌐ Handelsakademiker, als Bürgerschüler, ja sogar schon als Volksschüler seine Aufgaben geschrieben hatte, – da hatte er 20 wirklich keine Zeit mehr, die guten Absichten zu prüfen, welche die zwei Frauen hatten, deren Existenz er übrigens fast vergessen hatte, denn vor Erschöpfung arbeiteten sie schon stumm, und man hörte nur das schwere Tappen ihrer Füße.

25 Und so brach er denn hervor – die Frauen stützten sich gerade im Nebenzimmer an den Schreibtisch, um ein wenig zu verschnaufen –, wechselte viermal die Richtung des Laufes, er wusste wirklich nicht, was er zuerst retten sollte, da sah er an der im Übrigen schon leeren Wand auffallend das 30 Bild der in lauter Pelzwerk gekleideten Dame hängen, kroch eilends hinauf und presste sich an das Glas, das ihn festhielt und seinem heißen Bauch wohltat. Dieses Bild wenigstens, das Gregor jetzt ganz verdeckte, würde nun gewiss niemand wegnehmen. Er verdrehte den Kopf nach der 35 Tür des Wohnzimmers, um die Frauen bei ihrer Rückkehr zu beobachten.

Sie hatten sich nicht viel Ruhe gegönnt und kamen schon

---

5 **Trotzdem:** Obwohl | 17–19 **als Handelsakademiker, als Bürgerschüler, ... als Volksschüler:** Gregors Ausbildungsweg in umgekehrter Reihenfolge

wieder; Grete hatte den Arm um die Mutter gelegt und trug
sie fast. »Also was nehmen wir jetzt?«, sagte Grete und sah
sich um. Da kreuzten sich ihre Blicke mit denen Gregors an
der Wand. Wohl nur infolge der Gegenwart der Mutter be-
hielt sie ihre Fassung, beugte ihr Gesicht zur Mutter, um 5
diese vom Herumschauen abzuhalten, und sagte, allerdings
zitternd und unüberlegt: »Komm, wollen wir nicht lieber
auf einen Augenblick noch ins Wohnzimmer zurückgehen?« Die Absicht Gretes war für Gregor klar, sie wollte
die Mutter in Sicherheit bringen und dann ihn von der 10
Wand hinunterjagen. Nun, sie konnte es ja immerhin versuchen! Er saß auf seinem Bild und gab es nicht her. Lieber
würde er Grete ins Gesicht springen.

Aber Gretes Worte hatten die Mutter erst recht beunru-
higt, sie trat zur Seite, erblickte den riesigen braunen Fleck 15
auf der geblümten Tapete, rief, ehe ihr eigentlich zum Be-
wusstsein kam, dass das Gregor war, was sie sah, mit schrei-
ender, rauher Stimme: »Ach Gott, ach Gott!« und fiel mit
ausgebreiteten Armen, als gebe sie alles auf, über das Kanapee hin und rührte sich nicht. »Du, Gregor!«, rief die 20
Schwester mit erhobener Faust und eindringlichen Blicken.
Es waren seit der Verwandlung die ersten Worte, die sie unmittelbar an ihn gerichtet hatte. Sie lief ins Nebenzimmer,
um irgendeine Essenz zu holen, mit der sie die Mutter aus
ihrer Ohnmacht wecken könnte; Gregor wollte auch helfen 25
– zur Rettung des Bildes war noch Zeit –; er klebte aber fest
an dem Glas und musste sich mit Gewalt losreißen; er lief
dann auch ins Nebenzimmer, als könne er der Schwester irgendeinen Rat geben, wie in früherer Zeit; musste dann
aber untätig hinter ihr stehen; während sie in verschiedenen 30
Fläschchen kramte, erschreckte sie noch, als sie sich umdrehte; eine Flasche fiel auf den Boden und zerbrach; ein
Splitter verletzte Gregor im Gesicht, irgendeine ätzende
Medizin umfloss ihn; Grete nahm nun, ohne sich länger
aufzuhalten, so viel Fläschchen, als sie nur halten konnte, 35
und rannte mit ihnen zur Mutter hinein; die Tür schlug sie
mit dem Fuße zu. Gregor war nun von der Mutter abge-

---

24 **Essenz:** hier: flüssige Medizin

schlossen, die durch seine Schuld vielleicht dem Tode nahe
war; die Tür durfte er nicht öffnen, wollte er die Schwester,
die bei der Mutter bleiben musste, nicht verjagen; er hatte
jetzt nichts zu tun, als zu warten; und von Selbstvorwürfen
und Besorgnis bedrängt, begann er zu kriechen, überkroch
alles, Wände, Möbel und Zimmerdecke und fiel endlich in
seiner Verzweiflung, als sich das ganze Zimmer schon um
ihn zu drehen anfing, mitten auf den großen Tisch.

Es verging eine kleine Weile, Gregor lag matt da, ringsherum war es still, vielleicht war das ein gutes Zeichen. Da
läutete es. Das Mädchen war natürlich in ihrer Küche einge-
sperrt und Grete musste daher öffnen gehen. Der Vater war
gekommen. »Was ist geschehen?«, waren seine ersten Worte;
Gretes Aussehen hatte ihm wohl alles verraten. Grete antwortete mit dumpfer Stimme, offenbar drückte sie ihr Gesicht an des Vaters Brust: »Die Mutter war ohnmächtig, aber
es geht ihr schon besser. Gregor ist ausgebrochen.« »Ich
habe es ja erwartet«, sagte der Vater, »ich habe es euch ja immer gesagt, aber ihr Frauen wollt nicht hören.« Gregor war
es klar, dass der Vater Gretes allzu kurze Mitteilung schlecht
gedeutet hatte und annahm, dass Gregor sich irgendeine Ge-
walttat habe zuschulden kommen lassen. Deshalb musste
Gregor den Vater jetzt zu besänftigen suchen, denn ihn auf-
zuklären hatte er weder Zeit noch Möglichkeit. Und so
flüchtete er sich zur Tür seines Zimmers und drückte sich
an sie, damit der Vater beim Eintritt vom Vorzimmer her
gleich sehen könne, dass Gregor die beste Absicht habe, sofort in sein Zimmer zurückzukehren, und dass es nicht nötig
sei, ihn zurückzutreiben, sondern dass man nur die Tür zu
öffnen brauche, und gleich werde er verschwinden.

Aber der Vater war nicht in der Stimmung, solche Fein-
heiten zu bemerken; »Ah!«, rief er gleich beim Eintritt in einem Tone, als sei er gleichzeitig wütend und froh. Gregor
zog den Kopf von der Tür zurück und hob ihn gegen den
Vater. So hatte er sich den Vater wirklich nicht vorgestellt,
wie er jetzt dastand; allerdings hatte er in der letzten Zeit
über dem neuartigen Herumkriechen versäumt, sich so wie

früher um die Vorgänge in der übrigen Wohnung zu kümmern, und hätte eigentlich darauf gefasst sein müssen,
veränderte Verhältnisse anzutreffen. Trotzdem, trotzdem,
war das noch der Vater? Der gleiche Mann, der müde im
Bett vergraben lag, wenn früher Gregor zu einer Geschäftsreise ausgerückt war; der ihn an Abenden der Heimkehr
im Schlafrock im Lehnstuhl empfangen hatte; gar nicht
recht imstande war, aufzustehen, sondern zum Zeichen der
Freude nur die Arme gehoben hatte, und der bei den selte-
nen gemeinsamen Spaziergängen an ein paar Sonntagen im
Jahr und an den höchsten Feiertagen zwischen Gregor und
der Mutter, die schon an und für sich langsam gingen, immer noch ein wenig langsamer, in seinen alten Mantel eingepackt, mit stets vorsichtig aufgesetztem Krückstock sich
vorwärts arbeitete und, wenn er etwas sagen wollte, fast immer stillstand und seine Begleitung um sich versammelte?
Nun aber war er recht gut aufgerichtet; in eine straffe blaue
Uniform mit Goldknöpfen gekleidet, wie sie Diener der
Bankinstitute tragen; über dem hohen steifen Kragen des
Rockes entwickelte sich sein starkes Doppelkinn; unter den
buschigen Augenbrauen drang der Blick der schwarzen Augen frisch und aufmerksam hervor; das sonst zerzauste
weiße Haar war zu einer peinlich genauen, leuchtenden
Scheitelfrisur niedergekämmt. Er warf seine Mütze, auf der
ein Goldmonogramm, wahrscheinlich das einer Bank, ange-
bracht war, über das ganze Zimmer im Bogen auf das Kanapee hin und ging, die Enden seines langen Uniformrockes
zurückgeschlagen, die Hände in den Hosentaschen, mit
verbissenem Gesicht auf Gregor zu. Er wusste wohl selbst
nicht, was er vorhatte; immerhin hob er die Füße unge-
wöhnlich hoch, und Gregor staunte über die Riesengröße
seiner Stiefelsohlen. Doch hielt er sich dabei nicht auf, er
wusste ja noch vom ersten Tage seines neuen Lebens her,
dass der Vater ihm gegenüber nur die größte Strenge für an-
gebracht ansah. Und so lief er vor dem Vater her, stockte,
wenn der Vater stehen blieb, und eilte schon wieder vorwärts, wenn sich der Vater nur rührte. So machten sie mehr-

---

6 **ausgerückt:** aufgebrochen, wie zu einem militärischen Einsatz

mals die Runde um das Zimmer, ohne dass sich etwas Ent-
scheidendes ereignete, ja ohne dass das Ganze infolge seines
langsamen Tempos den Anschein einer Verfolgung gehabt
hätte. Deshalb blieb auch Gregor vorläufig auf dem Fußboden, zumal er fürchtete, der Vater könnte eine Flucht auf die
Wände oder den Plafond für besondere Bosheit halten. Allerdings musste sich Gregor sagen, dass er sogar dieses Laufen nicht lange aushalten würde, denn während der Vater
einen Schritt machte, musste er eine Unzahl von Bewegungen ausführen. Atemnot begann sich schon bemerkbar zu
machen, wie er ja auch in seiner früheren Zeit keine ganz
vertrauenswürdige Lunge besessen hatte. Als er nun so da-
hintorkelte, um alle Kräfte für den Lauf zu sammeln, kaum
die Augen offen hielt; in seiner Stumpfheit an eine andere
Rettung als durch Laufen gar nicht dachte; und fast schon
vergessen hatte, dass ihm die Wände freistanden, die hier
allerdings mit sorgfältig geschnitzten Möbeln voll Zacken
und Spitzen verstellt waren – da flog knapp neben ihm,
leicht geschleudert, irgendetwas nieder und rollte vor ihm
her. Es war ein Apfel; gleich flog ihm ein zweiter nach; Gregor blieb vor Schrecken stehen; ein Weiterlaufen war nutzlos, denn der Vater hatte sich entschlossen, ihn zu bombar-
dieren. Aus der Obstschale auf der Kredenz hatte er sich die
Taschen gefüllt und warf nun, ohne vorläufig scharf zu zie-
len, Apfel für Apfel. Diese kleinen roten Äpfel rollten wie
elektrisiert auf dem Boden herum und stießen aneinander.
Ein schwach geworfener Apfel streifte Gregors Rücken,
glitt aber unschädlich ab. Ein ihm sofort nachfliegender
drang dagegen förmlich in Gregors Rücken ein; Gregor
wollte sich weiterschleppen, als könne der überraschende
unglaubliche Schmerz mit dem Ortswechsel vergehen; doch
fühlte er sich wie festgenagelt und streckte sich in vollständiger Verwirrung aller Sinne. Nur mit dem letzten Blick sah
er noch, wie die Tür seines Zimmers aufgerissen wurde, und
vor der schreienden Schwester die Mutter hervoreilte, im
Hemd, denn die Schwester hatte sie entkleidet, um ihr in
der Ohnmacht Atemfreiheit zu verschaffen, wie dann die

---

6 **Plafond:** Zimmerdecke | 23 **Kredenz:** Anrichte

Mutter auf den Vater zulief und ihr auf dem Weg die aufge-
bundenen Röcke einer nach dem anderen zu Boden glitten,
und wie sie stolpernd über die Röcke auf den Vater ein-
drang und ihn umarmend, in gänzlicher Vereinigung mit
ihm – nun versagte aber Gregors Sehkraft schon – die 5
Hände an des Vaters Hinterkopf um Schonung von Gregors
Leben bat.

III.

Die schwere Verwundung Gregors, an der er über einen
Monat litt – der Apfel blieb, da ihn niemand zu entfernen 10
wagte, als sichtbares Andenken im Fleische sitzen –, schien
selbst den Vater daran erinnert zu haben, dass Gregor trotz
seiner gegenwärtigen traurigen und ekelhaften Gestalt ein
Familienmitglied war, das man nicht wie einen Feind be-
handeln durfte, sondern dem gegenüber es das Gebot der 15
Familienpflicht war, den Widerwillen hinunterzuschlucken
und zu dulden, nichts als zu dulden.

Und wenn nun auch Gregor durch seine Wunde an Be-
weglichkeit wahrscheinlich für immer verloren hatte und
vorläufig zur Durchquerung seines Zimmers wie ein alter 20
Invalide lange, lange Minuten brauchte – an das Kriechen in
der Höhe war nicht zu denken –, so bekam er für diese Ver-
schlimmerung seines Zustandes einen seiner Meinung nach
vollständig genügenden Ersatz dadurch, dass immer gegen
Abend die Wohnzimmertür, die er schon ein bis zwei Stun- 25
den vorher scharf zu beobachten pflegte, geöffnet wurde,
sodass er, im Dunkel seines Zimmers liegend, vom Wohnzimmer aus unsichtbar, die ganze Familie beim beleuchteten
Tische sehen und ihre Reden, gewissermaßen mit allgemeiner Erlaubnis, also ganz anders als früher, anhören durfte. 30

Freilich waren es nicht mehr die lebhaften Unterhaltungen der früheren Zeiten, an die Gregor in den kleinen
Hotelzimmern stets mit einigem Verlangen gedacht hatte,
wenn er sich müde in das feuchte Bettzeug hatte werfen
müssen. Es ging jetzt meist nur sehr still zu. Der Vater 35

---

21 **Invalide:** Körperbehinderter, Mensch mit Verstümmelung
(vgl. ›Kriegsinvalide‹)

schlief bald nach dem Nachtessen in seinem Sessel ein; die
Mutter und Schwester ermahnten einander zur Stille; die
Mutter nähte, weit unter das Licht vorgebeugt, feine Wäsche für ein Modengeschäft; die Schwester, die eine Stellung
5 als Verkäuferin angenommen hatte, lernte am Abend Steno-
graphie und Französisch, um vielleicht später einmal einen
besseren Posten zu erreichen. Manchmal wachte der Vater
auf, und als wisse er gar nicht, dass er geschlafen habe, sagte
er zur Mutter: »Wie lange du heute schon wieder nähst!«
10 und schlief sofort wieder ein, während Mutter und Schwester einander müde zulächelten.

Mit einer Art Eigensinn weigerte sich der Vater, auch zu
Hause seine Dieneruniform abzulegen; und während der
Schlafrock nutzlos am Kleiderhaken hing, schlummerte der
15 Vater vollständig angezogen auf seinem Platz, als sei er
immer zu seinem Dienste bereit und warte auch hier auf
die Stimme des Vorgesetzten. Infolgedessen verlor die gleich
anfangs nicht neue Uniform trotz aller Sorgfalt von Mutter
und Schwester an Reinlichkeit, und Gregor sah oft ganze
20 Abende lang auf dieses über und über fleckige, mit seinen
stets geputzten Goldknöpfen leuchtende Kleid, in dem der
alte Mann höchst unbequem und doch ruhig schlief.

Sobald die Uhr zehn schlug, suchte die Mutter durch leise
Zusprache den Vater zu wecken und dann zu überreden, ins
25 Bett zu gehen, denn hier war es doch kein richtiger Schlaf
und diesen hatte der Vater, der um sechs Uhr seinen Dienst
antreten musste, äußerst nötig. Aber in dem Eigensinn, der
ihn, seitdem er Diener war, ergriffen hatte, bestand er immer darauf, noch länger bei Tisch zu bleiben, trotzdem er
30 regelmäßig einschlief, und war dann überdies nur mit der
größten Mühe zu bewegen, den Sessel mit dem Bett zu ver-
tauschen. Da mochten Mutter und Schwester mit kleinen
Ermahnungen noch so sehr auf ihn eindringen, viertelstun-
denlang schüttelte er langsam den Kopf, hielt die Augen ge-
35 schlossen und stand nicht auf. Die Mutter zupfte ihn am
Ärmel, sagte ihm Schmeichelworte ins Ohr, die Schwester
verließ ihre Aufgabe, um der Mutter zu helfen, aber beim

---

5 f. **Stenographie:** Kurzschrift für Diktate im Büro | 21 **Kleid:** hier:
Uniform

Vater verfing das nicht. Er versank nur noch tiefer in seinen Sessel. Erst bis ihn die Frauen unter den Achseln fassten, schlug er die Augen auf, sah abwechselnd die Mutter und die Schwester an und pflegte zu sagen: »Das ist ein Leben. Das ist die Ruhe meiner alten Tage.« Und auf die beiden Frauen gestützt, erhob er sich, umständlich, als sei er für sich selbst die größte Last, ließ sich von den Frauen bis zur Türe führen, winkte ihnen dort ab und ging nun selbständig weiter, während die Mutter ihr Nähzeug, die Schwester ihre Feder eiligst hinwarfen, um hinter dem Vater zu laufen und ihm weiter behilflich zu sein.

Wer hatte in dieser abgearbeiteten und übermüdeten Familie Zeit, sich um Gregor mehr zu kümmern, als unbedingt nötig war? Der Haushalt wurde immer mehr eingeschränkt; das Dienstmädchen wurde nun doch entlassen; eine riesige knochige Bedienerin mit weißem, den Kopf umflatterndem Haar kam des Morgens und des Abends, um die schwerste Arbeit zu leisten; alles andere besorgte die Mutter neben ihrer vielen Näharbeit. Es geschah sogar, dass verschiedene Familienschmuckstücke, welche früher die Mutter und die Schwester überglücklich bei Unterhaltungen und Feierlichkeiten getragen hatten, verkauft wurden, wie Gregor am Abend aus der allgemeinen Besprechung der erzielten Preise erfuhr. Die größte Klage war aber stets, dass man diese für die gegenwärtigen Verhältnisse allzu große Wohnung nicht verlassen konnte, da es nicht auszudenken war, wie man Gregor übersiedeln sollte. Aber Gregor sah wohl ein, dass es nicht nur die Rücksicht auf ihn war, welche eine Übersiedlung verhinderte, denn ihn hätte man doch in einer passenden Kiste mit ein paar Luftlöchern leicht transportieren können; was die Familie hauptsächlich vom Wohnungswechsel abhielt, war vielmehr die völlige Hoffnungslosigkeit und der Gedanke daran, dass sie mit einem Unglück geschlagen war, wie niemand sonst im ganzen Verwandten- und Bekanntenkreis. Was die Welt von armen Leuten verlangt, erfüllten sie bis zum Äußersten, der Vater holte den kleinen Bankbeamten das Frühstück, die Mutter

opferte sich für die Wäsche fremder Leute, die Schwester
lief nach dem Befehl der Kunden hinter dem Pulte hin und
her, aber weiter reichten die Kräfte der Familie schon nicht.
Und die Wunde im Rücken fing Gregor wie neu zu schmer-
5 zen an, wenn Mutter und Schwester, nachdem sie den Vater
zu Bett gebracht hatten, nun zurückkehrten, die Arbeit liegen ließen, nahe zusammenrückten, schon Wange an Wange
saßen; wenn jetzt die Mutter, auf Gregors Zimmer zeigend,
sagte: »Mach dort die Tür zu, Grete«, und wenn nun Gre-
10 gor wieder im Dunkel war, während nebenan die Frauen
ihre Tränen vermischten oder gar tränenlos den Tisch an-
starrten.

Die Nächte und Tage verbrachte Gregor fast ganz ohne
Schlaf. Manchmal dachte er daran, beim nächsten Öffnen
15 der Tür die Angelegenheiten der Familie ganz so wie früher
wieder in die Hand zu nehmen; in seinen Gedanken erschienen wieder nach langer Zeit der Chef und der Prokurist, die Kommis und die Lehrjungen, der so begriffsstützige
Hausknecht, zwei drei Freunde aus anderen Geschäften, ein
20 Stubenmädchen aus einem Hotel in der Provinz, eine liebe,
flüchtige Erinnerung, eine Kassiererin aus einem Hutge-
schäft, um die er sich ernsthaft, aber zu langsam beworben
hatte – sie alle erschienen untermischt mit Fremden oder
schon Vergessenen, aber statt ihm und seiner Familie zu
25 helfen, waren sie sämtlich unzugänglich, und er war froh,
wenn sie verschwanden. Dann aber war er wieder gar nicht
in der Laune, sich um seine Familie zu sorgen, bloß Wut
über die schlechte Wartung erfüllte ihn, und trotzdem er
sich nichts vorstellen konnte, worauf er Appetit gehabt
30 hätte, machte er doch Pläne, wie er in die Speisekammer gelangen könnte, um dort zu nehmen, was ihm, auch wenn er
keinen Hunger hatte, immerhin gebührte. Ohne jetzt mehr
nachzudenken, womit man Gregor einen besonderen Gefallen machen könnte, schob die Schwester eiligst, ehe sie
35 morgens und mittags ins Geschäft lief, mit dem Fuß irgendeine beliebige Speise in Gregors Zimmer hinein, um sie am
Abend, gleichgültig dagegen, ob die Speise vielleicht nur

---

17 f. **Prokurist:** Vertreter einer Firma mit besonderen Rechten
(u. a. dem Recht, im Namen der Firma Verträge zu unterschreiben) |
18 **Kommis:** Handlungsgehilfe für die Erledigung einfacher Aufgaben |
23 **untermischt:** gemischt | 28 **Wartung:** Aufwartung, Bedienung

verkostet oder – der häufigste Fall – gänzlich unberührt war, mit einem Schwenken des Besens hinauszukehren. Das Aufräumen des Zimmers, das sie nun immer abends besorgte, konnte gar nicht mehr schneller getan sein. Schmutzstreifen zogen sich die Wände entlang, hie und da lagen Knäuel von Staub und Unrat. In der ersten Zeit stellte sich Gregor bei der Ankunft der Schwester in derartige besonders bezeichnende Winkel, um ihr durch diese Stellung gewissermaßen einen Vorwurf zu machen. Aber er hätte wohl wochenlang dort bleiben können, ohne dass sich die Schwester gebessert hätte; sie sah ja den Schmutz genau so wie er, aber sie hatte sich eben entschlossen, ihn zu lassen. Dabei wachte sie mit einer an ihr ganz neuen Empfindlichkeit, die überhaupt die ganze Familie ergriffen hatte, darüber, dass das Aufräumen von Gregors Zimmer ihr vorbehalten blieb. Einmal hatte die Mutter Gregors Zimmer einer großen Reinigung unterzogen, die ihr nur nach Verbrauch einiger Kübel Wasser gelungen war – die viele Feuchtigkeit kränkte allerdings Gregor auch und er lag breit, verbittert und unbeweglich auf dem Kanapee –, aber die Strafe blieb für die Mutter nicht aus. Denn kaum hatte am Abend die Schwester die Veränderung in Gregors Zimmer bemerkt, als sie, aufs Höchste beleidigt, ins Wohnzimmer lief und, trotz der beschwörend erhobenen Hände der Mutter, in einen Weinkrampf ausbrach, dem die Eltern – der Vater war natürlich aus seinem Sessel aufgeschreckt worden – zuerst erstaunt und hilflos zusahen; bis auch sie sich zu rühren anfingen; der Vater rechts der Mutter Vorwürfe machte, dass sie Gregors Zimmer nicht der Schwester zur Reinigung überließ; links dagegen die Schwester anschrie, sie werde niemals mehr Gregors Zimmer reinigen dürfen; während die Mutter den Vater, der sich vor Erregung nicht mehr kannte, ins Schlafzimmer zu schleppen suchte; die Schwester, von Schluchzen geschüttelt, mit ihren kleinen Fäusten den Tisch bearbeitete; und Gregor laut vor Wut darüber zischte, dass es keinem einfiel, die Tür zu schließen und ihm diesen Anblick und Lärm zu ersparen.

---

1 **verkostet:** (österreichisch) probiert, gekostet

Aber selbst wenn die Schwester, erschöpft von ihrer Berufsarbeit, dessen überdrüssig geworden war, für Gregor, wie früher, zu sorgen, so hätte noch keineswegs die Mutter für sie eintreten müssen und Gregor hätte doch nicht ver-
5 nachlässigt werden brauchen. Denn nun war die Bedienerin da. Diese alte Witwe, die in ihrem langen Leben mit Hilfe ihres starken Knochenbaues das Ärgste überstanden haben mochte, hatte keinen eigentlichen Abscheu vor Gregor. Ohne irgendwie neugierig zu sein, hatte sie zufällig einmal
10 die Tür von Gregors Zimmer aufgemacht und war im Anblick Gregors, der, gänzlich überrascht, trotzdem ihn niemand jagte, hin- und herzulaufen begann, die Hände im Schoß gefaltet staunend stehen geblieben. Seitdem versäumte sie nicht, stets flüchtig morgens und abends die Tür
15 ein wenig zu öffnen und zu Gregor hineinzuschauen. Anfangs rief sie ihn auch zu sich herbei, mit Worten, die sie wahrscheinlich für freundlich hielt, wie »Komm mal herüber, alter Mistkäfer!« oder »Seht mal den alten Mistkäfer!« Auf solche Ansprachen antwortete Gregor mit nichts, son-
20 dern blieb unbeweglich auf seinem Platz, als sei die Tür gar nicht geöffnet worden. Hätte man doch dieser Bedienerin, statt sie nach ihrer Laune ihn nutzlos stören zu lassen, lieber den Befehl gegeben, sein Zimmer täglich zu reinigen! Einmal am frühen Morgen – ein heftiger Regen, vielleicht
25 schon ein Zeichen des kommenden Frühjahrs, schlug an die Scheiben – war Gregor, als die Bedienerin mit ihren Redensarten wieder begann, derartig erbittert, dass er, wie zum Angriff, allerdings langsam und hinfällig, sich gegen sie wendete. Die Bedienerin aber, statt sich zu fürchten, hob
30 bloß einen in der Nähe der Tür befindlichen Stuhl hoch empor, und wie sie mit groß geöffnetem Munde dastand, war ihre Absicht klar, den Mund erst zu schließen, wenn der Sessel in ihrer Hand auf Gregors Rücken niederschlagen würde. »Also weiter geht es nicht?«, fragte sie, als Gregor
35 sich wieder umdrehte, und stellte den Sessel ruhig in die Ecke zurück.

Gregor aß nun fast gar nichts mehr. Nur wenn er zufällig

---

5 **Bedienerin:** Dienstmädchen

an der vorbereiteten Speise vorüberkam, nahm er zum
Spiel einen Bissen in den Mund, hielt ihn dort stundenlang
und spie ihn dann meist wieder aus. Zuerst dachte er, es
sei die Trauer über den Zustand seines Zimmers, die ihn
vom Essen abhalte, aber gerade mit den Veränderungen   5
des Zimmers söhnte er sich sehr bald aus. Man hatte sich
angewöhnt, Dinge, die man anderswo nicht unterbringen
konnte, in dieses Zimmer hineinzustellen, und solcher
Dinge gab es nun viele, da man ein Zimmer der Wohnung
an drei Zimmerherren vermietet hatte. Diese ernsten Her-   10
ren – alle drei hatten Vollbärte, wie Gregor einmal durch
eine Türspalte feststellte – waren peinlich auf Ordnung,
nicht nur in ihrem Zimmer, sondern, da sie sich nun einmal hier eingemietet hatten, in der ganzen Wirtschaft, also
insbesondere in der Küche, bedacht. Unnützen oder gar   15
schmutzigen Kram ertrugen sie nicht. Überdies hatten sie
zum größten Teil ihre eigenen Einrichtungsstücke mitge-
bracht. Aus diesem Grunde waren viele Dinge überflüssig
geworden, die zwar nicht verkäuflich waren, die man aber
auch nicht wegwerfen wollte. Alle diese wanderten in Gre-   20
gors Zimmer. Ebenso auch die Aschenkiste und die Abfall-
kiste aus der Küche. Was nur im Augenblick unbrauchbar
war, schleuderte die Bedienerin, die es immer sehr eilig
hatte, einfach in Gregors Zimmer; Gregor sah glücklicherweise meist nur den betreffenden Gegenstand und die   25
Hand, die ihn hielt. Die Bedienerin hatte vielleicht die Absicht, bei Zeit und Gelegenheit die Dinge wieder zu holen
oder alle insgesamt mit einem Mal hinauszuwerfen, tatsächlich aber blieben sie dort liegen, wohin sie durch den ersten
Wurf gekommen waren, wenn nicht Gregor sich durch das   30
Rumpelzeug wand und es in Bewegung brachte, zuerst gezwungen, weil kein sonstiger Platz zum Kriechen frei war,
später aber mit wachsendem Vergnügen, obwohl er nach
solchen Wanderungen, zum Sterben müde und traurig, wieder stundenlang sich nicht rührte.   35
  Da die Zimmerherren manchmal auch ihr Abendessen zu
Hause im gemeinsamen Wohnzimmer einnahmen, blieb die

---

10 **Zimmerherren:** Untermieter | 14 **Wirtschaft:** Hauswirtschaft,
Haushalt | 21 **Aschenkiste:** Sammelbehälter für die Asche einzelner
Kohleöfen

Wohnzimmertür an manchen Abenden geschlossen, aber Gregor verzichtete ganz leicht auf das Öffnen der Tür, hatte er doch schon manche Abende, an denen sie geöffnet war, nicht ausgenützt, sondern war, ohne dass es die Familie merkte, im dunkelsten Winkel seines Zimmers gelegen. Einmal aber hatte die Bedienerin die Tür zum Wohnzimmer ein wenig offen gelassen, und sie blieb so offen, auch als die Zimmerherren am Abend eintraten und Licht gemacht wurde. Sie setzten sich oben an den Tisch, wo in früheren Zeiten der Vater, die Mutter und Gregor gegessen hatten, entfalteten die Servietten und nahmen Messer und Gabel in die Hand. Sofort erschien in der Tür die Mutter mit einer Schüssel Fleisch und knapp hinter ihr die Schwester mit einer Schüssel hochgeschichteter Kartoffeln. Das Essen dampfte mit starkem Rauch. Die Zimmerherren beugten sich über die vor sie hingestellten Schüsseln, als wollten sie sie vor dem Essen prüfen, und tatsächlich zerschnitt der, welcher in der Mitte saß und den anderen zwei als Autorität zu gelten schien, ein Stück Fleisch noch auf der Schüssel, offenbar um festzustellen, ob es mürbe genug sei und ob es nicht etwa in die Küche zurückgeschickt werden solle. Er war befriedigt, und Mutter und Schwester, die gespannt zugesehen hatten, begannen aufatmend zu lächeln.

Die Familie selbst aß in der Küche. Trotzdem kam der Vater, ehe er in die Küche ging, in dieses Zimmer herein und machte mit einer einzigen Verbeugung, die Kappe in der Hand, einen Rundgang um den Tisch. Die Zimmerherren erhoben sich sämtlich und murmelten etwas in ihre Bärte. Als sie dann allein waren, aßen sie fast unter vollkommenem Stillschweigen. Sonderbar schien es Gregor, dass man aus allen mannigfachen Geräuschen des Essens immer wieder ihre kauenden Zähne heraushörte, als ob damit Gregor gezeigt werden sollte, dass man Zähne brauche, um zu essen, und dass man auch mit den schönsten zahnlosen Kiefern nichts ausrichten könne. »Ich habe ja Appetit«, sagte sich Gregor sorgenvoll, »aber nicht auf diese Dinge. Wie sich diese Zimmerherren nähren, und ich komme um!«

---

20 **mürbe:** weich, nicht zäh oder trocken | 26 **Kappe:** (österreichisch) Mütze

Gerade an diesem Abend – Gregor erinnerte sich nicht, während der ganzen Zeit die Violine gehört zu haben – ertönte sie von der Küche her. Die Zimmerherren hatten schon ihr Nachtmahl beendet, der mittlere hatte eine Zeitung hervorgezogen, den zwei anderen je ein Blatt gegeben, und nun lasen sie zurückgelehnt und rauchten. Als die Violine zu spielen begann, wurden sie aufmerksam, erhoben sich und gingen auf den Fußspitzen zur Vorzimmertür, in der sie aneinandergedrängt stehen blieben. Man musste sie von der Küche aus gehört haben, denn der Vater rief: »Ist den Herren das Spiel vielleicht unangenehm? Es kann sofort eingestellt werden.« »Im Gegenteil«, sagte der mittlere der Herren, »möchte das Fräulein nicht zu uns hereinkommen und hier im Zimmer spielen, wo es doch viel bequemer und gemütlicher ist?« »O bitte«, rief der Vater, als sei er der Violinspieler. Die Herren traten ins Zimmer zurück und warteten. Bald kam der Vater mit dem Notenpult, die Mutter mit den Noten und die Schwester mit der Violine. Die Schwester bereitete alles ruhig zum Spiele vor; die Eltern, die niemals früher Zimmer vermietet hatten und deshalb die Höflichkeit gegen die Zimmerherren übertrieben, wagten gar nicht, sich auf ihre eigenen Sessel zu setzen; der Vater lehnte an der Tür, die rechte Hand zwischen zwei Knöpfe des geschlossenen Livreerockes gesteckt; die Mutter aber erhielt von einem Herrn einen Sessel angeboten und saß, da sie den Sessel dort ließ, wohin ihn der Herr zufällig gestellt hatte, abseits in einem Winkel.

Die Schwester begann zu spielen; Vater und Mutter verfolgten, jeder von seiner Seite, aufmerksam die Bewegungen ihrer Hände. Gregor hatte, von dem Spiele angezogen, sich ein wenig weiter vorgewagt und war schon mit dem Kopf im Wohnzimmer. Er wunderte sich kaum darüber, dass er in letzter Zeit so wenig Rücksicht auf die andern nahm; früher war diese Rücksichtnahme sein Stolz gewesen. Und dabei hätte er gerade jetzt mehr Grund gehabt, sich zu verstecken, denn infolge des Staubes, der in seinem Zimmer überall lag und bei der kleinsten Bewegung umherflog, war auch er

---

2 **Violine:** Geige | 4 **Nachtmahl:** Abendessen | 23 **die rechte Hand zwischen zwei Knöpfe:** der Vater ahmt selbstverliebt Napoleon nach | 24 **Livreerockes:** Livree: Uniform, Dienstanzug

ganz staubbedeckt; Fäden, Haare, Speiseüberreste schleppte
er auf seinem Rücken und an den Seiten mit sich herum;
seine Gleichgültigkeit gegen alles war viel zu groß, als dass
er sich, wie früher mehrmals während des Tages, auf den
5 Rücken gelegt und am Teppich gescheuert hätte. Und trotz
dieses Zustandes hatte er keine Scheu, ein Stück auf dem
makellosen Fußboden des Wohnzimmers vorzurücken.

Allerdings achtete auch niemand auf ihn. Die Familie war
gänzlich vom Violinspiel in Anspruch genommen; die Zim-
10 merherren dagegen, die zunächst, die Hände in den Hosentaschen, viel zu nahe hinter dem Notenpult der Schwester
sich aufgestellt hatten, sodass sie alle in die Noten hätten sehen können, was sicher die Schwester stören musste, zogen
sich bald unter halblauten Gesprächen mit gesenkten Köp-
15 fen zum Fenster zurück, wo sie, vom Vater besorgt beobachtet, auch blieben. Es hatte nun wirklich den überdeut-
lichen Anschein, als wären sie in ihrer Annahme, ein schönes
oder unterhaltendes Violinspiel zu hören, enttäuscht, hätten
die ganze Vorführung satt und ließen sich nur aus Höflich-
20 keit noch in ihrer Ruhe stören. Besonders die Art, wie sie
alle aus Nase und Mund den Rauch ihrer Zigarren in die
Höhe bliesen, ließ auf große Nervosität schließen. Und
doch spielte die Schwester so schön. Ihr Gesicht war zur
Seite geneigt, prüfend und traurig folgten ihre Blicke den
25 Notenzeilen. Gregor kroch noch ein Stück vorwärts und
hielt den Kopf eng an den Boden, um möglicherweise ihren
Blicken begegnen zu können. War er ein Tier, da ihn Musik
so ergriff? Ihm war, als zeige sich ihm der Weg zu der er-
sehnten unbekannten Nahrung. Er war entschlossen, bis
30 zur Schwester vorzudringen, sie am Rock zu zupfen und ihr
dadurch anzudeuten, sie möge doch mit ihrer Violine in sein
Zimmer kommen, denn niemand lohnte hier das Spiel so,
wie er es lohnen wollte. Er wollte sie nicht mehr aus seinem
Zimmer lassen, wenigstens nicht, solange er lebte; seine
35 Schreckgestalt sollte ihm zum ersten Mal nützlich werden;
an allen Türen seines Zimmers wollte er gleichzeitig sein
und den Angreifern entgegenfauchen; die Schwester aber

sollte nicht gezwungen, sondern freiwillig bei ihm bleiben; sie sollte neben ihm auf dem Kanapee sitzen, das Ohr zu ihm herunterneigen, und er wollte ihr dann anvertrauen, dass er die feste Absicht gehabt habe, sie auf das Konservatorium zu schicken, und dass er dies, wenn nicht das Unglück dazwischengekommen wäre, vergangene Weihnachten – Weihnachten war doch wohl schon vorüber? – allen gesagt hätte, ohne sich um irgendwelche Widerreden zu kümmern. Nach dieser Erklärung würde die Schwester in Tränen der Rührung ausbrechen, und Gregor würde sich bis zu ihrer Achsel erheben und ihren Hals küssen, den sie, seitdem sie ins Geschäft ging, frei ohne Band oder Kragen trug.

»Herr Samsa!«, rief der mittlere Herr dem Vater zu und zeigte, ohne ein weiteres Wort zu verlieren, mit dem Zeigefinger auf den langsam sich vorwärtsbewegenden Gregor. Die Violine verstummte, der mittlere Zimmerherr lächelte erst einmal kopfschüttelnd seinen Freunden zu und sah dann wieder auf Gregor hin. Der Vater schien es für nötiger zu halten, statt Gregor zu vertreiben, vorerst die Zimmerherren zu beruhigen, trotzdem diese gar nicht aufgeregt waren und Gregor sie mehr als das Violinspiel zu unterhalten schien. Er eilte zu ihnen und suchte sie mit ausgebreiteten Armen in ihr Zimmer zu drängen und gleichzeitig mit seinem Körper ihnen den Ausblick auf Gregor zu nehmen. Sie wurden nun tatsächlich ein wenig böse, man wusste nicht mehr, ob über das Benehmen des Vaters oder über die ihnen jetzt aufgehende Erkenntnis, ohne es zu wissen, einen solchen Zimmernachbar wie Gregor besessen zu haben. Sie verlangten vom Vater Erklärungen, hoben ihrerseits die Arme, zupften unruhig an ihren Bärten und wichen nur langsam gegen ihr Zimmer zurück. Inzwischen hatte die Schwester die Verlorenheit, in die sie nach dem plötzlich abgebrochenen Spiel verfallen war, überwunden, hatte sich, nachdem sie eine Zeitlang in den lässig hängenden Händen Violine und Bogen gehalten und weiter, als spiele sie noch, in die Noten gesehen hatte, mit einem Male aufgerafft, hatte

---

4 f. **Konservatorium:** hochschulartige Musikschule | 32 **gegen ihr Zimmer:** in Richtung ihres Zimmers | 35 **lässig:** hier: untätig

das Instrument auf den Schoß der Mutter gelegt, die in Atembeschwerden mit heftig arbeitenden Lungen noch auf ihrem Sessel saß, und war in das Nebenzimmer gelaufen, dem sich die Zimmerherren unter dem Drängen des Vaters schon schneller näherten. Man sah, wie unter den geübten Händen der Schwester die Decken und Polster in den Betten in die Höhe flogen und sich ordneten. Noch ehe die Herren das Zimmer erreicht hatten, war sie mit dem Aufbetten fertig und schlüpfte heraus. Der Vater schien wieder von seinem Eigensinn derartig ergriffen, dass er jeden Respekt vergaß, den er seinen Mietern immerhin schuldete. Er drängte nur und drängte, bis schon in der Tür des Zimmers der mittlere der Herren donnernd mit dem Fuß aufstampfte und dadurch den Vater zum Stehen brachte. »Ich erkläre hiermit«, sagte er, hob die Hand und suchte mit den Blicken auch die Mutter und die Schwester, »dass ich mit Rücksicht auf die in dieser Wohnung und Familie herrschenden widerlichen Verhältnisse« – hiebei spie er kurz entschlossen auf den Boden – »mein Zimmer augenblicklich kündige. Ich werde natürlich auch für die Tage, die ich hier gewohnt habe, nicht das Geringste bezahlen, dagegen werde ich es mir noch überlegen, ob ich nicht mit irgendwelchen – glauben Sie mir – sehr leicht zu begründenden Forderungen gegen Sie auftreten werde.« Er schwieg und sah gerade vor sich hin, als erwarte er etwas. Tatsächlich fielen sofort seine zwei Freunde mit den Worten ein: »Auch wir kündigen augenblicklich.« Darauf fasste er die Türklinke und schloss mit einem Krach die Tür.

Der Vater wankte mit tastenden Händen zu seinem Sessel und ließ sich in ihn fallen; es sah aus, als strecke er sich zu seinem gewöhnlichen Abendschläfchen, aber das starke Nicken seines wie haltlosen Kopfes zeigte, dass er ganz und gar nicht schlief. Gregor war die ganze Zeit still auf dem Platz gelegen, auf dem ihn die Zimmerherren ertappt hatten. Die Enttäuschung über das Misslingen seines Planes, vielleicht aber auch die durch das viele Hungern verursachte Schwäche machten es ihm unmöglich, sich zu bewegen. Er

---

6 **Polster:** Kissen | 8 f. **dem Aufbetten:** dem Bettenmachen bzw. dem Aufschütteln der Bettdecken

fürchtete mit einer gewissen Bestimmtheit schon für den nächsten Augenblick einen allgemeinen über ihn sich entladenden Zusammensturz und wartete. Nicht einmal die Violine schreckte ihn auf, die, unter den zitternden Fingern der Mutter hervor, ihr vom Schoße fiel und einen hallenden Ton von sich gab.

»Liebe Eltern«, sagte die Schwester und schlug zur Einleitung mit der Hand auf den Tisch, »so geht es nicht weiter. Wenn ihr das vielleicht nicht einsehet, ich sehe es ein. Ich will vor diesem Untier nicht den Namen meines Bruders aussprechen, und sage daher bloß: wir müssen versuchen, es loszuwerden. Wir haben das Menschenmögliche versucht, es zu pflegen und zu dulden, ich glaube, es kann uns niemand den geringsten Vorwurf machen.«

»Sie hat tausendmal recht«, sagte der Vater für sich. Die Mutter, die noch immer nicht genug Atem finden konnte, fing in die vorgehaltene Hand mit einem irrsinnigen Ausdruck der Augen dumpf zu husten an.

Die Schwester eilte zur Mutter und hielt ihr die Stirn. Der Vater schien durch die Worte der Schwester auf bestimmtere Gedanken gebracht zu sein, hatte sich aufrecht gesetzt, spielte mit seiner Dienermütze zwischen den Tellern, die noch vom Nachtmahl der Zimmerherren her auf dem Tische lagen, und sah bisweilen auf den stillen Gregor hin.

»Wir müssen es loszuwerden suchen«, sagte die Schwester nun ausschließlich zum Vater, denn die Mutter hörte in ihrem Husten nichts, »es bringt euch noch beide um, ich sehe es kommen. Wenn man schon so schwer arbeiten muss, wie wir alle, kann man nicht noch zu Hause diese ewige Quälerei ertragen. Ich kann es auch nicht mehr.« Und sie brach so heftig in Weinen aus, dass ihre Tränen auf das Gesicht der Mutter niederflossen, von dem sie sie mit mechanischen Handbewegungen wischte.

»Kind«, sagte der Vater mitleidig und mit auffallendem Verständnis, »was sollen wir aber tun?«

Die Schwester zuckte nur die Achseln zum Zeichen der

Ratlosigkeit, die sie nun während des Weinens im Gegensatz zu ihrer früheren Sicherheit ergriffen hatte.

»Wenn er uns verstünde«, sagte der Vater halb fragend; die Schwester schüttelte aus dem Weinen heraus heftig die
5 Hand zum Zeichen, dass daran nicht zu denken sei.

»Wenn er uns verstünde«, wiederholte der Vater und nahm durch Schließen der Augen die Überzeugung der Schwester von der Unmöglichkeit dessen in sich auf, »dann wäre vielleicht ein Übereinkommen mit ihm möglich. Aber
10 so –«

»Weg muss es«, rief die Schwester, »das ist das einzige Mittel, Vater. Du musst bloß den Gedanken loszuwerden suchen, dass es Gregor ist. Dass wir es so lange geglaubt haben, das ist ja unser eigentliches Unglück. Aber wie kann es
15 denn Gregor sein? Wenn es Gregor wäre, er hätte längst eingesehen, dass ein Zusammenleben von Menschen mit einem solchen Tier nicht möglich ist, und wäre freiwillig fortgegangen. Wir hätten dann keinen Bruder, aber könnten weiterleben und sein Andenken in Ehren halten. So aber
20 verfolgt uns dieses Tier, vertreibt die Zimmerherren, will offenbar die ganze Wohnung einnehmen und uns auf der Gasse übernachten lassen. Sieh nur, Vater«, schrie sie plötzlich auf, »er fängt schon wieder an!« Und in einem für Gregor gänzlich unverständlichen Schrecken verließ die Schwe-
25 ster sogar die Mutter, stieß sich förmlich von ihrem Sessel ab, als wollte sie lieber die Mutter opfern, als in Gregors Nähe bleiben, und eilte hinter den Vater, der, lediglich durch ihr Benehmen erregt, auch aufstand und die Arme wie zum Schutze der Schwester vor ihr halb erhob.

30 Aber Gregor fiel es doch gar nicht ein, irgendjemandem und gar seiner Schwester Angst machen zu wollen. Er hatte bloß angefangen sich umzudrehen, um in sein Zimmer zurückzuwandern, und das nahm sich allerdings auffallend aus, da er infolge seines leidenden Zustandes bei den
35 schwierigen Umdrehungen mit seinem Kopfe nachhelfen musste, den er hierbei viele Male hob und gegen den Boden schlug. Er hielt inne und sah sich um. Seine gute Absicht

schien erkannt worden zu sein; es war nur ein augenblicklicher Schrecken gewesen. Nun sahen ihn alle schweigend und traurig an. Die Mutter lag, die Beine ausgestreckt und aneinandergedrückt, in ihrem Sessel, die Augen fielen ihr vor Ermattung fast zu; der Vater und die Schwester saßen nebeneinander, die Schwester hatte ihre Hand um des Vaters Hals gelegt.

»Nun darf ich mich schon vielleicht umdrehen«, dachte Gregor und begann seine Arbeit wieder. Er konnte das Schnaufen der Anstrengung nicht unterdrücken und musste auch hie und da ausruhen. Im Übrigen drängte ihn auch niemand, es war alles ihm selbst überlassen. Als er die Umdrehung vollendet hatte, fing er sofort an, geradeaus zurückzuwandern. Er staunte über die große Entfernung, die ihn von seinem Zimmer trennte, und begriff gar nicht, wie er bei seiner Schwäche vor kurzer Zeit den gleichen Weg, fast ohne es zu merken, zurückgelegt hatte. Immerfort nur auf rasches Kriechen bedacht, achtete er kaum darauf, dass kein Wort, kein Ausruf seiner Familie ihn störte. Erst als er schon in der Tür war, wendete er den Kopf, nicht vollständig, denn er fühlte den Hals steif werden, immerhin sah er noch, dass sich hinter ihm nichts verändert hatte, nur die Schwester war aufgestanden. Sein letzter Blick streifte die Mutter, die nun völlig eingeschlafen war.

Kaum war er innerhalb seines Zimmers, wurde die Tür eiligst zugedrückt, festgeriegelt und versperrt. Über den plötzlichen Lärm hinter sich erschrak Gregor so, dass ihm die Beinchen einknickten. Es war die Schwester, die sich so beeilt hatte. Aufrecht war sie schon dagestanden und hatte gewartet, leichtfüßig war sie dann vorwärtsgesprungen, Gregor hatte sie gar nicht kommen hören, und ein »Endlich!« rief sie den Eltern zu, während sie den Schlüssel im Schloss umdrehte.

»Und jetzt?«, fragte sich Gregor und sah sich im Dunkeln um. Er machte bald die Entdeckung, dass er sich nun überhaupt nicht mehr rühren konnte. Er wunderte sich darüber nicht, eher kam es ihm unnatürlich vor, dass er sich bis jetzt

tatsächlich mit diesen dünnen Beinchen hatte fortbewegen
können. Im Übrigen fühlte er sich verhältnismäßig behaglich. Er hatte zwar Schmerzen im ganzen Leib, aber ihm
war, als würden sie allmählich schwächer und schwächer
5 und würden schließlich ganz vergehen. Den verfaulten
Apfel in seinem Rücken und die entzündete Umgebung,
die ganz von weichem Staub bedeckt waren, spürte er schon
kaum. An seine Familie dachte er mit Rührung und Liebe zurück. Seine Meinung darüber, dass er verschwinden
10 müsse, war womöglich noch entschiedener, als die seiner
Schwester. In diesem Zustand leeren und friedlichen Nach-
denkens blieb er, bis die Turmuhr die dritte Morgenstunde
schlug. Den Anfang des allgemeinen Hellerwerdens draußen vor dem Fenster erlebte er noch. Dann sank sein Kopf
15 ohne seinen Willen gänzlich nieder, und aus seinen Nüstern
strömte sein letzter Atem schwach hervor.

Als am frühen Morgen die Bedienerin kam – vor lauter
Kraft und Eile schlug sie, wie oft man sie auch schon gebeten
hatte, das zu vermeiden, alle Türen derartig zu, dass in der
20 ganzen Wohnung von ihrem Kommen an kein ruhiger Schlaf
mehr möglich war –, fand sie bei ihrem gewöhnlichen kurzen Besuch an Gregor zuerst nichts Besonderes. Sie dachte,
er liege absichtlich so unbeweglich da und spiele den Belei-
digten; sie traute ihm allen möglichen Verstand zu. Weil sie
25 zufällig den langen Besen in der Hand hielt, suchte sie mit
ihm Gregor von der Tür aus zu kitzeln. Als sich auch da
kein Erfolg zeigte, wurde sie ärgerlich und stieß ein wenig
in Gregor hinein, und erst als sie ihn ohne jeden Widerstand
von seinem Platze geschoben hatte, wurde sie aufmerksam.
30 Als sie bald den wahren Sachverhalt erkannte, machte sie
große Augen, pfiff vor sich hin, hielt sich aber nicht lange
auf, sondern riss die Tür des Schlafzimmers auf und rief mit
lauter Stimme in das Dunkel hinein: »Sehen Sie nur mal an,
es ist krepiert; da liegt es, ganz und gar krepiert!«
35 Das Ehepaar Samsa saß im Ehebett aufrecht da und hatte
zu tun, den Schrecken über die Bedienerin zu verwinden,
ehe es dazu kam, ihre Meldung aufzufassen. Dann aber stie-

---

15 **Nüstern:** Nasenflügel, so natürlich nicht bei Käfern und anderen
Insekten

gen Herr und Frau Samsa, jeder auf seiner Seite, eiligst aus dem Bett, Herr Samsa warf die Decke über seine Schultern, Frau Samsa kam nur im Nachthemd hervor; so traten sie in Gregors Zimmer. Inzwischen hatte sich auch die Tür des Wohnzimmers geöffnet, in dem Grete seit dem Einzug der Zimmerherren schlief; sie war völlig angezogen, als hätte sie gar nicht geschlafen, auch ihr bleiches Gesicht schien das zu beweisen. »Tot?«, sagte Frau Samsa und sah fragend zur Bedienerin auf, trotzdem sie doch alles selbst prüfen und sogar ohne Prüfung erkennen konnte. »Das will ich meinen«, sagte die Bedienerin und stieß zum Beweis Gregors Leiche mit dem Besen noch ein großes Stück seitwärts. Frau Samsa machte eine Bewegung, als wolle sie den Besen zurückhalten, tat es aber nicht. »Nun«, sagte Herr Samsa, »jetzt können wir Gott danken.« Er bekreuzte sich, und die drei Frauen folgten seinem Beispiel. Grete, die kein Auge von der Leiche wendete, sagte: »Seht nur, wie mager er war. Er hat ja auch schon so lange Zeit nichts gegessen. So wie die Speisen hereinkamen, sind sie wieder hinausgekommen.« Tatsächlich war Gregors Körper vollständig flach und trocken, man erkannte das eigentlich erst jetzt, da er nicht mehr von den Beinchen gehoben war und auch sonst nichts den Blick ablenkte.

»Komm, Grete, auf ein Weilchen zu uns herein«, sagte Frau Samsa mit einem wehmütigen Lächeln, und Grete ging, nicht ohne nach der Leiche zurückzusehen, hinter den Eltern in das Schlafzimmer. Die Bedienerin schloss die Tür und öffnete gänzlich das Fenster. Trotz des frühen Morgens war der frischen Luft schon etwas Lauigkeit beigemischt. Es war eben schon Ende März.

Aus ihrem Zimmer traten die drei Zimmerherren und sahen sich erstaunt nach ihrem Frühstück um; man hatte sie vergessen. »Wo ist das Frühstück?«, fragte der mittlere der Herren mürrisch die Bedienerin. Diese aber legte den Finger an den Mund und winkte dann hastig und schweigend den Herren zu, sie möchten in Gregors Zimmer kommen. Sie kamen auch und standen dann, die Hände in den Taschen ihrer etwas abgenützten Röckchen, in dem nun schon ganz hellen Zimmer um Gregors Leiche herum.

Da öffnete sich die Tür des Schlafzimmers, und Herr Samsa erschien in seiner Livree an einem Arm seine Frau, am anderen seine Tochter. Alle waren ein wenig verweint; Grete drückte bisweilen ihr Gesicht an den Arm des Vaters.

»Verlassen Sie sofort meine Wohnung!«, sagte Herr Samsa und zeigte auf die Tür, ohne die Frauen von sich zu lassen. »Wie meinen Sie das?«, sagte der mittlere der Herren etwas bestürzt und lächelte süßlich. Die zwei anderen hielten die Hände auf dem Rücken und rieben sie ununterbrochen aneinander, wie in freudiger Erwartung eines großen Streites, der aber für sie günstig ausfallen musste. »Ich meine es genau so, wie ich es sage«, antwortete Herr Samsa und ging in einer Linie mit seinen zwei Begleiterinnen auf den Zimmerherrn zu. Dieser stand zuerst still da und sah zu Boden, als ob sich die Dinge in seinem Kopf zu einer neuen Ordnung zusammenstellten. »Dann gehen wir also«, sagte er dann und sah zu Herrn Samsa auf, als verlange er in einer plötzlich ihn überkommenden Demut sogar für diesen Entschluss eine neue Genehmigung. Herr Samsa nickte ihm bloß mehrmals kurz mit großen Augen zu. Daraufhin ging der Herr tatsächlich sofort mit langen Schritten ins Vorzimmer; seine beiden Freunde hatten schon ein Weilchen lang mit ganz ruhigen Händen aufgehorcht und hüpften ihm jetzt geradezu nach, wie in Angst, Herr Samsa könnte vor ihnen ins Vorzimmer eintreten und die Verbindung mit ihrem Führer stören. Im Vorzimmer nahmen alle drei die Hüte vom Kleiderrechen, zogen ihre Stöcke aus dem Stockbehälter, verbeugten sich stumm und verließen die Wohnung. In einem, wie sich zeigte, gänzlich unbegründeten Misstrauen trat Herr Samsa mit den zwei Frauen auf den Vorplatz hinaus; an das Geländer gelehnt, sahen sie zu, wie die drei Herren zwar langsam, aber ständig die lange Treppe hinunterstiegen, in jedem Stockwerk in einer bestimmten Biegung des Treppenhauses verschwanden und nach ein paar Augenblicken wieder hervorkamen; je tiefer

---

29 **Kleiderrechen:** eine Reihe von Kleiderhaken in einer Garderobe

sie gelangten, desto mehr verlor sich das Interesse der Familie Samsa für sie, und als ihnen entgegen und dann hoch über sie hinweg ein Fleischergeselle mit der Trage auf dem Kopf in stolzer Haltung heraufstieg, verließ bald Herr Samsa mit den Frauen das Geländer, und alle kehrten, wie 5 erleichtert, in ihre Wohnung zurück.

Sie beschlossen, den heutigen Tag zum Ausruhen und Spazierengehen zu verwenden; sie hatten diese Arbeitsunterbrechung nicht nur verdient, sie brauchten sie sogar unbedingt. Und so setzten sie sich zum Tisch und schrieben 10 drei Entschuldigungsbriefe, Herr Samsa an seine Direktion, Frau Samsa an ihren Auftraggeber, und Grete an ihren Prinzipal. Während des Schreibens kam die Bedienerin herein, um zu sagen, dass sie fortgehe, denn ihre Morgenarbeit war beendet. Die drei Schreibenden nickten zuerst bloß, ohne 15 aufzuschauen, erst als die Bedienerin sich immer noch nicht entfernen wollte, sah man ärgerlich auf. »Nun?«, fragte Herr Samsa. Die Bedienerin stand lächelnd in der Tür, als habe sie der Familie ein großes Glück zu melden, werde es aber nur dann tun, wenn sie gründlich ausgefragt werde. 20 Die fast aufrechte kleine Straußfeder auf ihrem Hut, über die sich Herr Samsa schon während ihrer ganzen Dienstzeit ärgerte, schwankte leicht nach allen Richtungen. »Also was wollen Sie eigentlich?«, fragte Frau Samsa, vor welcher die Bedienerin noch am meisten Respekt hatte. »Ja«, antwortete 25 die Bedienerin und konnte vor freundlichem Lachen nicht gleich weiter reden, »also darüber, wie das Zeug von nebenan weggeschafft werden soll, müssen Sie sich keine Sorge machen. Es ist schon in Ordnung.« Frau Samsa und Grete beugten sich zu ihren Briefen nieder, als wollten sie 30 weiterschreiben; Herr Samsa, welcher merkte, dass die Bedienerin nun alles ausführlich zu beschreiben anfangen wollte, wehrte dies mit ausgestreckter Hand entschieden ab. Da sie aber nicht erzählen durfte, erinnerte sie sich an die große Eile, die sie hatte, rief offenbar beleidigt: »Adjes all- 35 seits«, drehte sich wild um und verließ unter fürchterlichem Türezuschlagen die Wohnung.

---

3 **Fleischergeselle:** ausgelernte Fachkraft in einer Fleischerei bzw. Metzgerei | 3 **Trage:** Tragkorb | 12 f. **Prinzipal:** Geschäftsinhaber, Vorsteher, Leiter | 35 **Adjes:** Adieu

»Abends wird sie entlassen«, sagte Herr Samsa, bekam aber weder von seiner Frau, noch von seiner Tochter eine Antwort, denn die Bedienerin schien ihre kaum gewonnene Ruhe wieder gestört zu haben. Sie erhoben sich, gingen zum Fenster und blieben dort, sich umschlungen haltend. Herr Samsa drehte sich in seinem Sessel nach ihnen um und beobachtete sie still ein Weilchen. Dann rief er: »Also kommt doch her. Lasst schon endlich die alten Sachen. Und nehmt auch ein wenig Rücksicht auf mich.« Gleich folgten ihm die Frauen, eilten zu ihm, liebkosten ihn und beendeten rasch ihre Briefe.

Dann verließen alle drei gemeinschaftlich die Wohnung, was sie schon seit Monaten nicht getan hatten, und fuhren mit der Elektrischen ins Freie vor die Stadt. Der Wagen, in dem sie allein saßen, war ganz von warmer Sonne durchschienen. Sie besprachen, bequem auf ihren Sitzen zurückgelehnt, die Aussichten für die Zukunft, und es fand sich, dass diese bei näherer Betrachtung durchaus nicht schlecht waren, denn aller drei Anstellungen waren, worüber sie einander eigentlich noch gar nicht ausgefragt hatten, überaus günstig und besonders für später vielversprechend. Die größte augenblickliche Besserung der Lage musste sich natürlich leicht durch einen Wohnungswechsel ergeben; sie wollten nun eine kleinere und billigere, aber besser gelegene und überhaupt praktischere Wohnung nehmen, als es die jetzige, noch von Gregor ausgesuchte war. Während sie sich so unterhielten, fiel es Herrn und Frau Samsa im Anblick ihrer immer lebhafter werdenden Tochter fast gleichzeitig ein, wie sie in der letzten Zeit trotz aller Plage, die ihre Wangen bleich gemacht hatte, zu einem schönen und üppigen Mädchen aufgeblüht war. Stiller werdend und fast unbewusst durch Blicke sich verständigend, dachten sie daran, dass es nun Zeit sein werde, auch einen braven Mann für sie zu suchen. Und es war ihnen wie eine Bestätigung ihrer neuen Träume und guten Absichten, als am Ziele ihrer Fahrt die Tochter als Erste sich erhob und ihren jungen Körper dehnte.

---

1 **Abends:** heute Abend | 14 **Elektrischen:** elektrischen Straßenbahn

Anhang

Die Entstehung des Textes ist durch Briefe Kafkas an seine spätere Verlobte Felice Bauer dokumentiert. Kafka hatte Ende September 1912 den Roman *Der Verschollene* (*Amerika*) begonnen. Über den Fortgang dieser Arbeit setzte er Felice Bauer, die für ihn, wie er es nannte, mit seinem »Schreiben verschwistert« war (F 66), regelmäßig in Kenntnis. Am 17. November 1912 teilte er ihr dann mit, dass er, statt an dem Roman weiterzuarbeiten, »eine kleine Geschichte niederschreiben werde, die mir in dem Jammer im Bett eingefallen ist und mich innerlichst bedrängt« (F 102). Diese »kleine« Geschichte wuchs sich dann in den folgenden Wochen zu der recht umfangreichen Novelle *Die Verwandlung* aus. Den Titel nannte Kafka erstmals in einem Brief an Felice vom 23. November; es heißt dort: »[...] die Geschichte ist ein wenig fürchterlich. Sie heißt ›Verwandlung‹, sie würde Dir tüchtig Angst machen [...].« (F 116) Am 24. November las der Autor Freunden »den ersten Teil« der Geschichte vor. Eine Dienstreise, die er im Auftrag der Arbeiter-Unfall-Versicherungs-Anstalt unternehmen musste, wirkte sich störend auf den Fortgang der Arbeit aus; am 25. November teilte er der Briefpartnerin seine Besorgnisse mit und meinte: »Eine solche Geschichte müsste man höchstens mit einer Unterbrechung in zweimal 10 Stunden niederschreiben, dann hätte sie ihren natürlichen Zug und Sturm [...]. Aber über zweimal zehn Stunden verfüge ich nicht.« (F 125) Am 1. Dezember 1912 war jedoch der zweite Teil des Textes beendet, und »ein dritter Teil [...] hat begonnen sich anzusetzen« (F 145). Dieser dritte Teil wurde dann um den 6. Dezember abgeschlossen; Kafka schrieb – vermutlich in der Nacht vom 5. zum 6. Dezember – an Felice: »Weine, Liebste, weine, jetzt ist die Zeit des Weinens da! Der Held meiner kleinen Geschichte ist vor einer Weile gestorben.« (F 160) In einem in der folgenden Nacht verfassten Brief heißt es dann: »Liebste, also höre, meine kleine Geschichte ist beendet, nur macht mich der heutige Schluss gar nicht froh, er hätte schon besser sein dürfen, das ist kein Zweifel.« (F 163) Seine Unzufriedenheit mit dem Schlussteil äußerte Kafka noch über ein Jahr später in einer Tagebucheintragung: »19. I 14 [...] Großer Widerwillen vor ›Verwandlung‹. Unlesbares Ende. Unvollkommen fast bis in den Grund. Es wäre viel besser geworden, wenn ich damals nicht durch die Geschäftsreise gestört worden wäre.« (KKAT 624)

Kafka bot den Text – handschriftlich in einem einzelnen geson-
derten Heft überliefert – zunächst dem Kurt Wolff Verlag, bei dem
schon mehrere seiner Werke erschienen waren, zur Publikation an.
Zeitweise war ein größerer Novellenband geplant, der die Erzählungen *Das Urteil*, *Der Heizer* und *Die Verwandlung* enthalten sollte.
Als sich abzeichnete, dass dieser Band nicht zustande kommen
würde, ging Kafka auf ein Angebot Robert Musils ein, der damals
zur Redaktion der im S. Fischer Verlag erscheinenden *Neuen Rundschau* gehörte, die Erzählung in dieser Zeitschrift abzudrucken.
Kafka sandte im März 1914 das Manuskript ein, welches auch angenommen wurde. Im Juli des Jahres teilte man ihm aber mit, dass er
den Text energisch kürzen müsse. Ein Entwurf seines Antwort-
schreibens an Musil hat sich erhalten; darin heißt es: »Und jetzt
nachdem auch seit dieser Annahme Monate vergangen sind, verlangt man, ich solle die Geschichte um $1/3$ kürzen. Das ist unwürdig
gehandelt.« (Mitgeteilt bei Binder, S. 103.) Kafka hoffte zwar noch
eine Zeitlang, dass man den Text in voller Länge abdrucken würde,
sah sich dann aber nach einer anderen Möglichkeit der Veröffentli-
chung um. Über Max Brod stellte er den Kontakt zu der Zeitschrift
Die weißen Blätter her, erhielt aber von deren Redakteur René Schi-
ckele zunächst ebenfalls die Mitteilung, dass der Text zu lang sei.
Kafka antwortete darauf am 7. April 1915, dass er die Erzählung
»trotzdem nicht freiwillig zurückziehe«, weil ihm »an ihrer Veröf-
fentlichung besonders gelegen« sei. (Der Brief ist abgedruckt in:
Expressionismus, S. 140.) Trotz Schickeles Bedenken wurde dann
die Erzählung in voller Länge im Oktoberheft der Zeitschrift veröffentlicht.

Die *Weißen Blätter* erschienen zwar offiziell in einem eigenen
Verlag, dieser wurde aber vom Kurt Wolff Verlag betreut. Georg
Heinrich Meyer, der damalige Leiter des Wolff Verlags, wandte sich
am 11. Oktober 1915 schriftlich an Kafka. Nachdem er zunächst auf
die Tatsache eingegangen war, dass Kafka offenbar nicht die Gelegenheit gehabt hatte, für den Erstdruck der *Verwandlung* Korrektur
zu lesen (»Wenn das der Fall ist, so trifft die Schuld Herrn Schi-
ckele«; Wo 33), schlug er vor, die *Verwandlung* auch als Einzeldruck
für den »Jüngsten Tag« erscheinen zu lassen, die Reihe des Kurt
Wolff Verlags, in der schon 1913 Kafkas *Der Heizer* veröffentlicht
worden war. Konkreter Anlass für Meyers Wunsch, ein neues Buch
Kafkas herauszubringen, war, dass Carl Sternheim, ebenfalls Wolff-
Autor, den »Fontane-Preis für den besten modernen Erzähler« er-

halten sollte. Meyer erklärt in seinem Brief an Kafka: »Da aber, wie Ihnen wohl bekannt ist, Sternheim Millionär ist und man einem Millionär nicht gut einen Geldpreis geben kann, so hat Franz Blei, der den Fontane-Preis heuer zu vergeben hat, Sternheim bestimmt, dass er die ganze Summe von ich glaube 800 Mk. Ihnen als dem Würdigsten zukommen lässt. Sternheim hat Ihre Sachen gelesen und ist [...] ehrlich für Sie begeistert.« (Wo 34) Der Band war gewissermaßen schon vor seiner Auslieferung im November 1915 preisgekrönt. Kafka verbesserte den Text dieser Ausgabe gegenüber dem Erstdruck. Eine zweite Auflage erschien 1918; sie weist einige Textveränderungen gegenüber der ersten Auflage auf, es ist aber nicht gesichert, dass diese auf den Autor zurückgehen. Textgrundlage für die vorliegende Ausgabe ist die erste Buchausgabe:

> Franz Kafka: Die Verwandlung. Leipzig: Wolff, 1915. (Der jüngste Tag. 22/23.)

Die Orthographie wurde auf der Grundlage der gültigen amtlichen Rechtschreibregeln behutsam modernisiert, die Interpunktion folgt der Druckvorlage. [Michael Müller, UB 9900, S. 65–68.]

Abgekürzt zitierte Ausgaben und Literatur

F Franz Kafka: Briefe an Felice und andere Korrespondenz aus der Verlobungszeit. Hrsg. von Erich Heller und Jürgen Born. Mit einer Einl. von Erich Heller. Frankfurt a.M.: S. Fischer, 1967.

KKAT Franz Kafka: Schriften, Tagebücher, Briefe. Kritische Ausgabe. Hrsg. von Jürgen Born, Gerhard Neumann [u.a.]. Frankfurt a.M.: S. Fischer, 1982 ff. – Tagebücher. Hrsg. von Hans-Gerd Koch, Michael Müller und Malcolm Pasley. Textband. 1990.

Wo Kurt Wolff. Briefwechsel eines Verlegers 1911–1963. Hrsg. von Bernhard Zeller und Ellen Otten. Erg. Ausg. Frankfurt a.M.: Fischer Taschenbuch Verlag, 1980.

Binder Hartmut Binder: Kafka und »Die neue Rundschau«. Mit einem bisher unpublizierten Brief des Dichters zur Druckgeschichte der »Verwandlung«. In: Jahrbuch der Deutschen Schillergesellschaft 12 (1968) S. 94–111.

Expressionismus Expressionismus. Literatur und Kunst 1910–1923. Eine Ausstellung des Deutschen Literaturarchivs im Schiller-Nationalmuseum, Marbach a.N. [Katalog.] Marbach 1961.

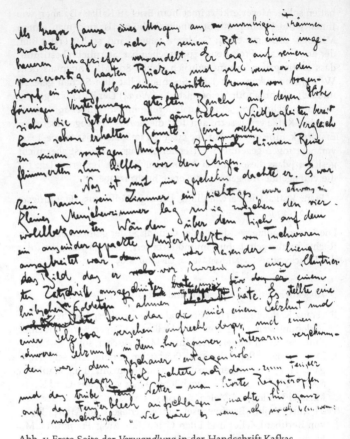

Abb. 1: Erste Seite der *Verwandlung* in der Handschrift Kafkas

5,2 **Gregor Samsa:** mögliche Anspielungen auf den Drachentöter Georg der christlichen Legende sowie auf den Protagonisten in Kafkas Erzählung *Das Urteil* und die Hauptfigur in Leopold von Sacher-Masochs Roman *Venus im Pelz*. Auf Letzteren wird verschiedentlich in der *Verwandlung* angespielt, u.a. durch das Bild von der Dame in Pelzhut und Pelzboa (s. Anm. zu 5,20–22); der Nachname Samsa erinnert zum einen an den Samson der Bibel als auch – durch die gleichen Vokale – an Kafka.

5,3f. **ungeheueren Ungeziefer:** Das Tier, in das Gregor sich verwandelt hat, wird vielfach als Käfer beschrieben, obwohl einige anatomische Details nicht dazu passen, u.a. die Tatsache, dass Gregor seine Augen schließt, was Käfern wie allen Insekten nicht möglich ist. Anscheinend soll nicht eine bestimmte Kreatur beschrieben werden. Entsprechend sprach sich Kafka entschieden dagegen aus, auf dem Titel der ersten Ausgabe ein Bild des verwandelten Gregors abzubilden.

5,20–22 **eine Dame ... mit ... einer Pelzboa ... und einen schweren Pelzmuff:** möglicherweise eine Anspielung auf den Roman *Venus im Pelz* von Leopold von Sacher-Masoch. Der aus Lemberg stammende Autor war ein ausgesprochen erfolgreicher Romancier, bis sein Name bei Krafft-Ebing (*Psychopathologia sexualis*, 1886) als Synonym für eine Form krankhaft abweichenden Sexualverhaltens verwendet wurde. Die Venus im Pelz erscheint dem Ich-Erzähler als göttliche Frauengestalt, in einen Pelz gehüllt, zunächst im Traum und erklärt ihm ihre Auffassung vom Verhältnis der Geschlechter: »je hingebender das Weib sich zeigt, um so schneller wird der Mann nüchtern und herrisch werden, je grausamer und treuloser es aber ist, je mehr es ihn misshandelt, je frevelhafter es mit ihm spielt, je weniger Erbarmen es zeigt, um so mehr wird es die Wollust des Mannes erregen, von ihm geliebt, angebetet werden« (*Venus im Pelz*, Frankfurt a.M. 1980, S. 12). Kurz nachdem der Erzähler aus dem Traum erwacht ist, sieht er das Traumbild bei einem Freund als Gemälde: »nackt in einem dunklen Pelz auf einer Ottomane; ihre rechte Hand spielte mit einer Peitsche, während ihr bloßer Fuß sich nachlässig auf den Mann stützte, der vor ihr lag wie ein Sklave, wie ein Hund« (ebd., S. 14). Hier klingen eine Reihe von Motiven an, die in der *Verwandlung* eine Rolle spielen, u.a. das Verhältnis von Freiheit und Unterordnung und das im Vergleich von Mann und Hund angedeutete Verhältnis von Mensch und Tier.

6,4 f. **anstrengenden Beruf:** Auch Kafka empfand seinen Beruf, vor allem aber die ihm vom Vater aufgedrängte Arbeit in der Asbestfabrik seines Schwagers, als Belastung.

6,11 **Verkehr:** mehrdeutig und auch in der Wertung ambivalent: der berufliche Verkehr ist Anlass zur Sorge, während allgemein der menschliche Verkehr im Sinne von ›Umgang‹ positiv besetzt ist; daneben klingt noch das Thema des Geschlechtsverkehrs an.

6,14 **die juckende Stelle:** möglicherweise Anspielung auf sexuelle Selbstbefriedigung.

6,30 f. **Vom Pult ... fallen müssen:** Ähnliche Phantasien finden sich auch in einem Brief Kafkas an Felice: »[...] bekomme ich Lust die Tische umzuwerfen, das Glas der Schränke einzuschlagen, den Chef zu beschimpfen und da mir schließlich die Kraft zur Ausführung solcher augenblicklicher Entschlüsse fehlt, tue ich nichts von alledem« (*Briefe an Felice und andere Korrespondenz aus der Verlobungszeit*, hrsg. von Erich Heller und Jürgen Born, Frankfurt a.M. [1967], S. 187).

7,5 **»Himmlischer Vater!«:** Eine von mehreren Stellen, die dafür sprechen, dass die Familie Gregors christlich geprägt ist. Da sich der Vater, die Mutter und die Schwester nach Gregors Tod bekreuzigen, ist wohl von einer katholischen Orientierung auszugehen. Während der Text an vielen Stellen Parallelen zwischen Gregor Samsa und dem realen Kafka nahelegt (Leiden des Sohnes unter väterlicher Scheinautorität, räumliche Struktur der Wohnung, Leiden unter Lärm u.a.), erscheint die religiöse Orientierung der Familie Samsa im Verhältnis zu Kafkas jüdischer Prägung als verschoben.

7,10 f. **dieses möbelerschütternde Läuten:** Auch Kafka litt unter dem Lärm in der Wohnung der elterlichen Familie.

7,20 **Kreatur:** Vom lat. Wortsinn her eigentlich das ›Geschaffene‹ oder das ›Geschöpf‹, hier aber abwertend für ›Tier‹ oder auch ›Sklave‹. Der Unterschied zwischen Mensch und Tier erscheint hier uneindeutig.

8,17–21 **an der einen Seitentür ... anderen Seitentür:** Gregor sieht sich hier einerseits von der Familie umgeben, andererseits aber nicht im positiven Sinne in sie integriert, sondern durch die Türen von ihr getrennt.

10,3 **geradezu ein Wunder:** »Wunder« hier im Kontext einer all-

täglichen Redewendung, als ob es – der wundersamen Verwandlung zum Trotz – Wunder nicht gäbe.

11,6 **nur ruckweise zu schaukeln:** mögliche Anspielung auf sexuelle Selbstbefriedigung.

13,2 **Der Junge:** Hinweis auf den ambivalenten Status Gregors:
Einerseits hängt die ganze Familie von seiner Lohnarbeit ab,
er steht also voll in der Verantwortung des Erwachsenen. Andererseits ist er in den Augen der Mutter immer noch »der
Junge«, der sich mit »Fahrplänen« und »Laubsägearbeiten« beschäftigt (13,6–8).

20,21 **geradezu überirdische Lösung:** als ob es – der unerklärlichen Verwandlung zum Trotz – Überirdisches und Wunderbares
nicht geben könne.

25,36–26,1 **das hohe freie Zimmer … ängstigte ihn, ohne dass
er die Ursache herausfinden konnte:** spezifische Form von
Angst, die von der alltäglichen Gleichsetzung mit dem Begriff der
Furcht abzugrenzen ist. Angst in diesem engeren Sinne hat kein
Objekt, vor dem man sich fürchten könnte, sondern ist ein ge-
genstandsloses Grauen. Bezeichnend ist es hier also nicht eine
bestimmte Bedrohung, die Gregor die Angst einflößt, sondern
die Höhe und Weite des Zimmers, nicht eine benennbare Gefahr,
sondern genau die Abwesenheit einer solchen.

26,22f. **Gott, er musste doch … wegfliegen können.** Auffällig ist
hier der Perspektivwechsel.

28,18 **Auf diese Weise … täglich sein Essen:** Essen spielt eine
wichtige Rolle in einigen Erzählungen Kafkas, vor allem in der
Erzählung *Der Hungerkünstler*.

29,9 **erhorchte er manches:** Die Rolle dessen, der hinter einer Tür
von der Familie getrennt ist und neugierig lauscht, erinnert an ein
Kind. Insofern korrespondiert diese Stelle mit der mütterlichen
Bezeichnung Gregors als »Jungen« (13,2).

30,1 **Hausmeisterin:** von den Aufgaben her eine Mischung aus
Hausmeisterin und Reinemachefrau.

39,17–19 **als Handelsakademiker, als Bürgerschüler, … als
Volksschüler:** Volksschulen waren Grundschulen und z.T. auch
weiterführende Schulen für all jene, die kein Schulgeld bezahlen
konnten oder wollten; Bürgerschulen waren weiterführende
Schulen ohne Latein-Unterricht (ähnlich den deutschen Real-
oder Oberrealschulen); die Handelsakademien stellten eine Art
Fachhochschule als Fortsetzung der Handelsschule dar.

40,15 den riesigen braunen Fleck: Hinweis auf Perspektivwechsel (s. Anm. zu 26,22 f.).

43,20 ein Apfel: Seit dem Schöpfungsmythos von der Vertreibung aus dem Paradies (1. Mose) ist der Apfel ein traditionelles Symbol für Versuchung und Schuld, gleichzeitig ist er aber auch Nahrungsmittel. Indem der Vater das Nahrungsmittel als Wurfgeschoss benutzt, steht er im Kontrast vor allem zur sorgenden Schwester, die den Bruder lange noch mit Speisen versorgt. In Anspielung auf die Sündenfallgeschichte lässt sich der Apfel deuten als Mittel einer strafenden Gewaltmaßnahme durch eine väterliche Autorität, hier die Vertreibung Gregors aus der familiären Gemeinschaft.

44,4 f. in gänzlicher Vereinigung ... nun versagte aber Gregors Sehkraft: Nicht nur die familiäre Vereinigung, sondern auch das Erblinden lassen sich als Anspielung auf Sophokles' *Ödipus* lesen, wobei allerdings auch die Unterschiede bemerkenswert sind: Im antiken Drama tötet Ödipus, ohne es zu wissen, seinen Vater, heiratet, auch dies ohne sein Wissen, seine Mutter und zeugt Kinder mit ihr. Als er die Wahrheit erfährt, sticht er sich die Augen aus. Gregor hingegen übernimmt zwar am Anfang der Geschichte die Rolle des Vaters als Ernährer, wird aber dann vom apfelwerfenden Patriarchen zurückgedrängt, der sich mit der nackten Mutter vereinigt.

45,12 Mit einer Art Eigensinn: Der »Eigensinn« ist hier uneindeutig, er lässt sich auch als weitgehende Anpassung an ein bestimmtes Rollenbild begreifen, als Abwesenheit eines tatsächlichen Eigensinns.

49,25 des kommenden Frühjahrs: Angedeutet wird mit den Verweisen auf die Jahreszeiten ein zyklisches Zeitmodell. Die Ereignisse der Geschichte erscheinen eingebunden in einen natürlichen Kreislauf vom langsamen Sterben in Herbst und Winter (die Geschichte beginnt im November) und der Wiederkehr des Lebens im Frühjahr. Die damit anklingende tröstliche Perspektive betont allerdings auch den Kontrast zum endgültigen Lebensende Gregors: Das Leben geht weiter, jedoch nur für die anderen.

56,10 vor diesem Untier: Die Bezeichnung durch die Schwester markiert einen Wendepunkt in der Geschichte. Hatte die Schwester Gregor vorher noch mit seinem Namen benannt und als Mensch gewürdigt, erscheint er ihr nun nicht allein als Tier, sondern gleich als »Untier«. Die ambivalente Benennung als »Untier« korrespondiert mit der Benennung des Prokuristen als »Kreatur« (7,20). Beide Begriffe verweisen auf etwas Tierhaftes, das jedoch dem Wortsinn nach nicht eindeutig nur Tier ist. Beachtenswert ist schließlich auch der Kontrast zum Verlauf von Märchen, in denen ein Geschwisterteil (*Brüderchen und Schwesterchen*) oder die Geliebte (*Jorinde und Joringel*) durch Verhexung verwandelt wird: Hier wird nicht nur regelmäßig die Verhexung wieder aufgehoben, sondern das ursprünglich sich nahe Paar erscheint am Ende wieder glücklich vereint: »Brüderchen und Schwesterchen aber lebten glücklich zusammen bis an ihr Ende« (zit. nach: Brüder Grimm, *Ausgewählte Kinder- und Hausmärchen*, Stuttgart 2011, S. 45–52, hier S. 52), und Joringel ging »mit seiner Jorinde nach Hause, und sie lebten lange vergnügt zusammen« (ebd., S. 146–148, hier S. 148).

56,12 **das Menschenmögliche:** Erneut steht hier das den Menschen unter normalen Umstände Mögliche im Kontrast zur Überschreitung dieser Möglichkeiten durch die Verwandlung. Die phantastische Entgrenzung bricht sich an der Normalität der Welt.

63,30 f. **zu einem schönen und üppigen Mädchen aufgeblüht:** Die Metapher vom »Aufblühen« korrespondiert mit der Vorstellung von der zyklischen Wiederkehr des Lebens im Frühjahr (s. Anm. zu 49,25). Gleichzeitig wird hier wie auch bei Gregor die Körperlichkeit der Schwester betont, eine Tatsache, die den Kontrast zwischen Verfall und Leben nochmals unterstreicht.

3. Leben und Zeit: Nähe und Abstand zwischen Kafkas Leben und dem Schicksal Gregor Samsas

Einige Parallelen zwischen dem Autor und dem von ihm geschaffenen Protagonisten sind offenkundig, Parallelen, die Kafka selbst bewusst waren, die schon von Zeitgenossen vermutet wurden (s. Anhang, Kap. 3.2, S. 80) und die sich dem heutigen Leser auch vor dem Hintergrund von inzwischen veröffentlichten Tagebucheinträgen und Briefen aufdrängen. Allerdings sollten diese auch nicht überbewertet werden: Neben Ähnlichkeiten zwischen Gregor und Kafka und den Familien Kafka und Samsa finden sich auch gravierende Unterschiede. Und nicht zuletzt handelt es sich bei der *Verwandlung* um das literarische Kunstwerk eines Autors, der bei der Betrachtung literarischer Werke äußersten Wert auf die eigene Qualität literarischer *Kunst* legte. Den biographischen Spuren zum Trotz sind also unbedingt auch weitere Perspektiven für die Interpretation zu berücksichtigen. Die hier versammelten Materialien sollen Nähe und Abstand zwischen Kafka und Gregor Samsa veranschaulichen. Die im Anschluss daran folgenden Texte weisen über diese Blickrichtung hinaus.

3.1 Zeittafel

1883	Am 3. Juli wird Franz in Prag als ältestes Kind von Hermann Kafka (1852–1931) und seiner Frau Julie, geb. Löwy (1856–1934), geboren. Beide Eltern sind weitgehend assimilierte Juden, die drei- bis viermal im Jahr in die Synagoge gehen, ansonsten aber kein deutlicheres Interesse für religiöse Fragen zeigen. In der Familie wird Deutsch gesprochen, mit dem Dienstpersonal auch Tschechisch. Zwei Brüder (Georg, geb. 1885, und Heinrich, geb. 1887) leben nur wenige Monate; die drei Schwestern (Gabriele, genannt Elli, geb. 1889, Valerie, genannt Valli, geb. 1890, und Ottilie, genannt Ottla, geb. 1892) werden unter der nationalsozialistischen Herrschaft in Konzentrationslagern ermordet. Kafka verbringt seine Kindheit in der Prager Altstadt. Da die Eltern tagsüber im eigenen Bekleidungsgeschäft arbeiten müssen, werden Kafka und seine Schwestern

Abb. 2: Kafka um 1911/12 © Archiv Klaus Wagenbach

vor allem von Ammen und Kindermädchen erzogen.

1889–93 besucht Kafka die deutsch-jüdische »Deutsche Knaben-schule am Fleischmarkt« und 1893–1901 das humanis-tische »Staatsgymnasiums mit deutscher Unterrichts-sprache in Prag-Altstadt«; er entwickelt ein starkes Interesse für Darwin und Nietzsche; es entstehen frühe literarische Versuche (die vernichtet wurden bzw. ver-schollen sind).

1901–06 studiert er an der Deutschen Universität Prag, zunächst einige Wochen Chemie, dann Jura; daneben besucht er Veranstaltungen zur Kunstgeschichte und Germanistik. Rechtshistorische Staatsprüfung 1903 und Promotion zum Dr. jur. 1906. Während des Studiums entstehen die frühesten erhaltenen literarischen Texte (*Beschreibung eines Kampfes*).

1902   Erste Begegnung mit Max Brod (1884–1968), dem er später seinen literarischen Nachlass anvertraut.

1906   Volontariat in einer Advokatenkanzlei, im Anschluss ein Jahr (unbezahlte) »Rechtspraxis« zunächst am Landgericht, dann im Strafgericht. Es entstehen weitere literarische Werke (*Hochzeitsvorbereitungen auf dem Lande*).

1908   Anstellung als »Aushilfsbeamter« in der »Arbeiter-Unfall-Versicherungs-Anstalt für das Königreich Böhmen in Prag«. In dieser Versicherung arbeitet Kafka bis zu seiner krankheitsbedingten Frühpensionierung 1922. Er steigt vom »Aushilfsbeamten« (1908) über den »Anstaltskoncipisten« (1910), »Vizesekretär« (1913), »Anstaltssekretär« (1920) bis zum »Obersekretär« (1922) auf (zahlreiche Dienstreisen vor allem in den ersten Berufsjahren). Seit 1908 pflegte er eine engere Freundschaft mit Max Brod.

1909   Seit diesem Zeitpunkt sind Tagebücher erhalten.

1910   Kafka interessiert sich für sozialistische Veranstaltungen und beschäftigt sich mit dem Judentum. Während ein Besuch der Synagoge für den jungen Kafka quälend langweilig war, interessiert er sich nun zum einen für religiöse Fragen, zum anderen aber auch für das jüdische, besonders das jiddische Theater.[1]

1911   Auf Drängen des Vaters wird Kafka Teilhaber an der Asbestfabrik seines Schwagers. Bis zur Auflösung der Fabrik 1914 stellt diese Aufgabe für Kafka eine schwere psychische Belastung dar, bis zum Gedanken, sich das Leben zu nehmen.

1912   Erste Fassung des Romans *Der Verschollene* (der Text bleibt unabgeschlossen, erscheint postum als *Amerika*); außerdem entstehen die Erzählungen *Das Urteil* (veröffentlicht 1916) und *Die Verwandlung* (veröffentlicht 1915). Erste Begegnung mit Felice Bauer (1887–1960), mit der er

---

1 Jiddisch wurde vor allem von den aschkenasischen Juden auf dem Land und in den Kleinstädten Mittelosteuropas gesprochen. Das gesprochene Jiddisch ist dem Mittelhochdeutschen verwandt, allerdings ist es stark durchsetzt mit polnischen, russischen, aramäischen und vielen hebräischen Wörtern. Geschrieben wird es in hebräischer Schrift.

sich später mehrfach ver- und dann wieder entloben wird.

1914   Am 1. Juni nach großen Zweifeln und vielen Briefen verlobt Kafka sich mit Felice Bauer, entlobt sich aber bereits am 12. Juli nach einer dramatischen, von Kafka so genannten »Verhandlung« im Beisein von Freunden im Berliner Hotel Askanischer Hof; direkt im Anschluss geht er auf Urlaubs- und Erholungsreise nach Dänemark. Im August beginnt er mit der Niederschrift des ersten und letzten Kapitels des *Process*-Romans. Das Schreiben geht zunächst gut voran, dann stockt die Arbeit jedoch. Kafka kämpft mit Skrupeln, vor allem die literarische Qualität des Romans betreffend, und bricht die Arbeit im Januar 1915 ab; im Oktober entsteht die Erzählung *In der Strafkolonie* (veröffentlicht 1919).

1917   Erneute Verlobung mit Felice Bauer (im Juli), gefolgt von der erneuten Entlobung im Dezember; dazwischen Diagnose einer Lungentuberkulose (gegen die es in jener Zeit kein Heilmittel gibt); Kafka beginnt, Hebräisch zu lernen.

1919   Verlobung mit Julie Wohryzek (1891–1944, ermordet im KZ Ravensbrück), der Tochter eines Tempeldieners. Wegen des niederen sozialen Rangs der Familie der Verlobten ist Kafkas Vater gegen die Verbindung und kommentiert diese zynisch u.a. mit dem Ratschlag, Kafka solle doch besser ins Bordell gehen. Kafka verfasst in der Folge den *Brief an den Vater*, eine über viele Seiten sich erstreckende Generalabrechnung mit dem Vater, die von ihm aber weder abgeschickt noch übergeben wird. Der *Brief an den Vater* wurde postum als eigenständiges Buch veröffentlicht.

1920   Innerhalb weniger Tage entsteht ein umfangreicher Briefwechsel mit der Journalistin Milena Jesenská (1891–1944, ermordet im KZ Auschwitz), der Kafka 1921 alle Tagebücher übergibt; Entlobung mit Julie Wohryzek. Ab Dezember achtmonatiger Kuraufenthalt in der Hohen Tatra, Slowakei.

1922   Beginn des Romans *Das Schloss* (bleibt unabgeschlossen); Frühpensionierung aus gesundheitlichen Gründen.

1923   Kafka betreibt erneut Hebräischstudien und fasst

den Plan, nach Palästina zu ziehen; an der Ostsee lernt er Dora Diamant (1898–1952) kennen, die dort als Betreuerin in einem jüdischen Jugendheim arbeitet, und zieht mit ihr in Berlin zusammen. Mehrfach müssen sie wegen finanzieller Probleme die Wohnung wechseln.

1924   Nach ihrer Übersiedlung nach Prag begleitet Dora Diamant Kafka in das Sanatorium bei Klosterneuburg, wo er am 3. Juni stirbt; Beerdigung in Prag.

3.2 Aus einem Gespräch zwischen Kafka und Gustav Janouch

»›Der Held der Erzählung heißt Samsa‹, sagte ich [Gustav Janouch]. ›Das klingt wie ein Kryptogramm für Kafka. Fünf Buchstaben hier wie dort. Das S im Worte Samsa hat dieselbe Stellung wie das K im Worte Kafka. Das A –‹

Kafka unterbrach mich.   5

›Es ist kein Kryptogramm. Samsa ist nicht restlos Kafka. *Die Verwandlung* ist kein Bekenntnis, obwohl es – im gewissen Sinne – eine Indiskretion ist.‹

›Das weiß ich nicht.‹

›Ist es vielleicht fein und diskret, wenn man über die Wanzen der   10 eigenen Familie spricht?‹

›Das ist natürlich in der guten Gesellschaft nicht üblich.‹

›Sehen Sie, wie unanständig ich bin?‹

[...] ›*Die Verwandlung* ist [so Janouch weiter] ein schrecklicher Traum, eine schreckliche Vorstellung.‹   15

Kafka blieb stehen.

›Der Traum enthüllt die Wirklichkeit, hinter der die Vorstellung zurückbleibt. Das ist das Schreckliche des Lebens – das Erschütternde der Kunst. [...]‹«

Gustav Janouch: Gespräche mit Kafka. Aufzeichnungen und Erinnerungen. Erw. Ausg. Frankfurt a.M.: S. Fischer, 1969. S. 55f. – © 1969 S. Fischer Verlag GmbH, Frankfurt am Main.

Abb. 3: Zeichnung von Kafka   Niels Bokhove / Marijke van Dorst (Hrsg.):
Einmal ein großer Zeichner. Franz Kafka als bildender Künstler. 2., verb. Ausg.
Utrecht: Vitalis, 2011. S. 13

3.3 Hartmut Binder: Parallelen zwischen Kafka und der Figur Gregor Samsa

»Als Kafka am 17. November 1912 […] morgens im Bett den ersten
Einfall zur *Verwandlung* hatte […] glaubte [er], daß Felice sich wegen eines ihn verfolgenden Fluches von ihm abgewandt habe (die
begonnene Korrespondenz hatte sich zunächst glückhaft gestaltet,
5 nun aber war die Postverbindung unerwartet unterbrochen), [er]
verfiel in Trauer und Trostlosigkeit und war, wie der melancholische
Gregor Samsa, zunächst unfähig, das Bett zu verlassen. […] Als bild-

hafte Repräsentation der angeführten Verfluchung, also der vom
Vater verursachten Vertreibung aus der Gemeinschaft [...], taucht
schon am 21. November 1911 im Tagebuch die Formulierung auf, er, 10
Kafka, fühle sich ›mit einem Fußtritt aus der Welt geworfen‹ [...],
und am 21. Februar dieses Jahres, unter dem Eindruck der Lektüre
von H. von Kleists[2] Briefen [...], fühlte er sich einen Augenblick lang
›umpanzert‹ [...], d.h. gleichsam in undurchdringliche Isolation geworfen. Dies alles scheint die Erzählung biographisch zu präfigurie- 15
ren [vorwegzunehmen], wo die Hauptgestalt in ein, wie Kafka
eigens hervorhebt, nicht zeichenbares [...], also innerseelische Ge-
gebenheiten verkörperndes Insekt mit ›panzerartig‹ hartem Rücken
verwandelt wird [...], das von seinem Vater durch einen Fußtritt in
sein Zimmer zurückgestoßen [...] und damit aus allen menschli- 20
chen Bindungen vertrieben, gleichzeitig aber auch in kindliche Ab-
hängigkeit zurückgeführt wird. [...]

Wenn Kafka Janouch gegenüber die *Verwandlung* als Wirklichkeit
enthüllenden Traum bezeichnet, hinter dem die Vorstellung zu-
rückbleibe, gleichzeitig aber die vollständige Identität zwischen 25
Gregor Samsa und sich selbst leugnet [...], so läßt sich schließen,
daß er bei der Konzeption der Erzählung in nächtlicher Angst gewisse noch verborgene Entwicklungslinien gegenwärtiger Famili-
enverhältnisse in die Zukunft auszog und projizierte [...].«

Hartmut Binder: Kafka-Kommentar zu sämtlichen Erzählungen. München:
Winkler, [3]1982. S. 153–155. – © Bibliographisches Institut GmbH, Artemis &
Winkler, Mannheim 1982.

3.4 Aus Kafkas *Brief an den Vater*

Am Ende seines *Briefes*, einer sich über viele Seiten erstreckenden
Generalabrechnung, überlegt Kafka, wie sein Vater ihm auf diesen
Brief wohl antworten würde:

»Du könntest, wenn Du meine Begründung der Furcht, die ich vor
Dir habe, überblickst, antworten: ›[...] Zuerst lehnst auch Du jede
Schuld und Verantwortung von Dir ab, darin ist also unser Verfahren das gleiche. Während ich aber dann so offen, wie ich es auch
meine, die alleinige Schuld Dir zuschreibe, willst Du gleichzeitig 5

2 Heinrich von Kleist (1777–1811), ein von Kafka sehr geschätzter Autor, der
   unter psychischen Krisen litt und sich schließlich das Leben nahm.

'übergescheit' und 'überzärtlich' sein und auch mich von jeder
Schuld freisprechen. Natürlich gelingt Dir das letztere nur scheinbar
(mehr willst Du ja auch nicht), und es ergibt sich zwischen den Zei-
len [...], daß eigentlich ich der Angreifer gewesen bin, während al-
10 les, was Du getrieben hast, nur Selbstwehr war.
    [...]
    Das könnte Dir jetzt schon genügen, aber es genügt Dir noch
nicht. Du hast es Dir nämlich in den Kopf gesetzt, ganz und gar
von mir leben zu wollen. Ich gebe zu, daß wir miteinander kämp-
15 fen, aber es gibt zweierlei Kampf. Den ritterlichen Kampf, wo sich
die Kräfte selbständiger Gegner messen, jeder bleibt für sich, ver-
liert für sich, siegt für sich. Und den Kampf des Ungeziefers, welches nicht nur sticht, sondern gleich auch zu seiner Lebenserhal-
tung das Blut saugt. Das ist ja der eigentliche Berufssoldat, und das
20 bist Du. Lebensuntüchtig bist Du; um es Dir aber darin bequem,
sorgenlos und ohne Selbstvorwürfe einrichten zu können, beweist
Du, daß ich alle Deine Lebenstüchtigkeit Dir genommen und in
meine Tasche gesteckt habe. Was kümmert es Dich jetzt, wenn Du
lebensuntüchtig bist, ich habe ja die Verantwortung, Du aber
25 streckst Dich ruhig aus und läßt Dich, körperlich und geistig, von
mir durchs Leben schleifen. [...] Im Grunde aber hast Du hier und
in allem anderen für mich nichts anderes bewiesen, als daß alle
meine Vorwürfe berechtigt waren und daß unter ihnen noch ein
besonders berechtigter Vorwurf gefehlt hat, nämlich der Vorwurf
30 der Unaufrichtigkeit, der Liebedienerei, des Schmarotzertums.
Wenn ich nicht sehr irre, schmarotzest Du an mir noch mit diesem
Brief als solchem.‹
    Darauf antworte ich, daß zunächst dieser ganze Einwurf, der sich
zum Teil auch gegen Dich kehren läßt, nicht von Dir stammt, son-
35 dern eben von mir. So groß ist ja nicht einmal Dein Mißtrauen gegen andere, wie mein Selbstmißtrauen, zu dem Du mich erzogen
hast.«

F. K.: Brief an den Vater. Stuttgart: Reclam, 1995. (Reclam Universal
Bibliothek. 9674.) S. 57–59.

Abb. 4: Die Eltern, Hermann und Julie Kafka (geb. Löwy)   © Archiv Klaus
Wagenbach

4.1 Freud über den Ödipuskomplex

»Nun werden Sie darauf gespannt sein zu erfahren, was dieser schreckliche Ödipuskomplex enthält. Der Name sagt es Ihnen. Sie kennen alle die griechische Sage vom König Ödipus, der durch das Schicksal dazu bestimmt ist, seinen Vater zu töten und seine Mutter
5 zum Weibe zu nehmen, der alles tut, um dem Orakelspruch zu entgehen, und sich dann durch Blendung bestraft, nachdem er erfährt, dass er diese beiden Verbrechen unwissentlich doch begangen hat. Ich hoffe, viele von Ihnen haben die erschütternde Wirkung der Tragödie, in welcher *Sophokles* diesen Stoff behandelt, an sich selbst
10 erlebt. [...]

Was lässt also die direkte Beobachtung des Kindes zur Zeit der Objektwahl[3] vor der Latenzzeit[4] vom Ödipuskomplex erkennen? Nun, man sieht leicht, dass der kleine Mann die Mutter für sich allein haben will, die Anwesenheit des Vaters als störend empfindet,
15 unwillig wird, wenn dieser sich Zärtlichkeiten gegen die Mutter erlaubt, seine Zufriedenheit äußert, wenn der Vater verreist oder abwesend ist. Häufig gibt er seinen Gefühlen direkten Ausdruck in Worten, verspricht der Mutter, dass er sie heiraten wird. Man wird meinen, das sei wenig im Vergleich zu den Taten des Ödipus, aber es
20 ist tatsächlich genug, es ist im Keime dasselbe. Die Beobachtung wird häufig durch den Umstand verdunkelt, dass dasselbe Kind gleichzeitig bei anderen Gelegenheiten eine große Zärtlichkeit für den Vater kundgibt; allein solche gegensätzliche – oder besser gesagt: *ambivalente* – Gefühlseinstellungen, die beim Erwachsenen
25 zum Konflikt führen würden, vertragen sich beim Kinde eine lange Zeit ganz gut miteinander, wie sie später im Unbewussten dauernd nebeneinander Platz finden. Man wird auch einwenden wollen, dass das Benehmen des kleinen Knaben egoistischen Motiven entspringt und keine Berechtigung zur Aufstellung eines erotischen Komple-
30 xes gibt. Die Mutter sorgt für alle Bedürfnisse des Kindes, und das Kind hat darum ein Interesse daran, dass sie sich um keine andere

3 Wahl eines geliebten Menschen als Objekt sexueller Begierde.
4 Phase, in der sich die sexuelle Orientierung des Erwachsenen erst »latent«, unterschwellig, andeutet.

Person bekümmere. Auch das ist richtig, aber es wird bald klar, dass
in dieser wie in ähnlichen Situationen das egoistische Interesse nur
die Anlehnung bietet, an welche die erotische Strebung anknüpft.
Zeigt der Kleine die unverhüllteste sexuelle Neugierde für seine   35
Mutter, verlangt er, nachts bei ihr zu schlafen, drängt sich zur Anwesenheit bei ihrer Toilette auf oder unternimmt er gar Verfüh-
rungsversuche, wie es die Mutter so oft feststellen und lachend berichten kann, so ist die erotische Natur der Bindung an die Mutter
doch gegen jeden Zweifel gesichert. Man darf auch nicht vergessen,   40
dass die Mutter dieselbe Fürsorge für ihr Töchterchen entfaltet,
ohne dieselbe Wirkung zu erzielen, und dass der Vater oft genug
mit ihr in der Bemühung um den Knaben wetteifert, ohne dass es
ihm gelänge, sich dieselbe Bedeutung wie die Mutter zu erwerben.
Kurz, dass das Moment der geschlechtlichen Bevorzugung durch   45
keine Kritik aus der Situation zu eliminieren ist. [...]
   Von dieser Zeit an [der Pubertät] muss sich das menschliche In-
dividuum der großen Aufgabe der Ablösung von den Eltern wid-
men, nach deren Lösung es erst aufhören kann Kind zu sein, um ein
Mitglied der sozialen Gemeinschaft zu werden. Die Aufgabe besteht   50
für den Sohn darin, seine libidinösen Wünsche von der Mutter zu
lösen, um sie für die Wahl eines realen fremden Liebesobjektes zu
verwenden, und sich mit dem Vater zu versöhnen, wenn er in Geg-
nerschaft zu ihm verblieben ist, oder sich von seinem Druck zu befreien, wenn er in Reaktion auf die infantile Auflehnung in die Un-   55
terwürfigkeit gegen ihn geraten ist. Diese Aufgaben ergeben sich für
jedermann; es ist beachtenswert, wie selten ihre Erledigung in idea-
ler Weise, d.h. psychologisch wie sozial korrekt, gelingt. Den Neu-
rotikern[5] aber gelingt diese Lösung überhaupt nicht, der Sohn bleibt
sein lebelang unter die Autorität des Vaters gebeugt und ist nicht   60
imstande, seine Libido[6] auf ein fremdes Sexualobjekt zu übertragen.
Dasselbe kann mit Veränderung der Beziehung das Los der Tochter
werden. In diesem Sinne gilt der Ödipuskomplex mit Recht als der
Kern der Neurosen.«

   Sigmund Freud: Gesammelte Werke. Bd. 11: Vorlesungen zur Einführung in
   die Psychoanalyse. London: Imago Publishing, 1940 [u.ö.]. S. 342, 344f., 349
   (21. Vorlesung: Libidoentwicklung und Sexualorganisation).

5 Neurotiker: die eine Neurose haben; Neurose: Nervenkrankheit, hier psychische Störung.
6 Seine erotische Energie.

Wenn man Freuds Thesen zur Grundlage für psychoanalytische Deutung der *Verwandlung* macht, kann es kaum darum gehen, die literarisch konstruierten Konflikte einfach als Illustration eines Ödipuskomplexes zu deuten und das Besondere des Textes auf ein allgemeines Schema zu reduzieren. Auch Kafkas Freund Max Brod meinte, gegen eine psychoanalytische Deutung der Werke gewandt: »Und doch trage ich Bedenken, muß Einwände gegen die Glätte einer derartigen Brückenlegung vorbringen, – nicht zuletzt deshalb, weil Kafka selbst diese Theorien [Freuds] gut kannte und sie immer nur als eine sehr ungefähre, rohe, nicht dem Detail oder vielmehr dem wahren Herzschlag des Konflikts gerechtwerdende Beschreibung angesehen hat« (M. B., *Über Franz Kafka*, Frankfurt a. M. 1974, S. 26). Dennoch lassen sich Elemente des Ödipus-Komplexes durchaus identifizieren. Deleuze und Guattari stellen die in diesem Zusammenhang weiterführende Frage, ob Kafka das Motiv an dieser Stelle nicht bewusst übertrieben und damit radikal modifiziert hat.

4.3 Deleuze und Guattari: Ein »allzu großer Ödipus«?

»Von einem klassischen Ödipus neurotischer Art, in dem der geliebte Vater gehaßt, angeklagt und schuldig gesprochen wird, gleitet Kafka allmählich zu einem sehr viel perverseren Ödipus, der zunächst in der Hypothese einer Unschuld des Vaters, eines für Vater
5 und Sohn gemeinsamen ›Unglücks‹ hin- und herschwankt, um schließlich eine unerhört schwere Anklage zu erheben [...]. Dieses Übergleiten, das aus der angenommenen Unschuld des Vaters eine noch viel schlimmere Anklage zieht, hat nun ein *Ziel*, eine *Wirkung* und ein *Verfahren.*
10   Das *Ziel* ist eine [...] Aufblähung ins Absurde. Das maßlos überzeichnete Bild des Vaters wird auf die geographische, historische und politische *Karte* der Welt projiziert, um weite Flächen von ihr zu bedecken: ›Und es ist mir dann, als kämen für mein Leben nur die Gegenden in Betracht, die Du entweder nicht bedeckst oder die
15 nicht in Deiner Reichweite liegen‹ [*Brief an den Vater*, Stuttgart 1995, S. 54]. Das Universum wird ödipalisiert. [...] Kurzum: Nicht Ödipus produziert die Neurose, sondern die Neurose, d.h. *der bereits unterdrückte Wunsch, der seine Unterdrückung kommunizieren*

will, produziert den Ödipus. [...] Andererseits ist das Vergrößern, Aufblähen, Erweitern des Ödipus, also sein perverser oder parano- 20 ischer [wahnhafter] Gebrauch, bereits ein Ausweg aus der Unterdrückung, ein Aufrichten des Kopfes, ein Blick über die Schulter des Vaters auf das, was von jeher bei dieser ganzen Geschichte in Frage stand: eine ganze Mikropolitik des Wunsches, der Sackgassen und Auswege, Unterwerfungen und Berichtigungen. Um die Sackgasse 25 zu öffnen, die Blockade zu durchbrechen, um Ödipus in die Familie zu deterritorialisieren[7] (statt sich selbst auf Ödipus und in die Welt zu reterritorialisieren[8]), war es allerdings notwendig, Ödipus ins Absurde, ja ins Komische zu vergrößern, den *Brief an den Vater* zu schreiben. [...] 30

Die *Wirkung* der komischen Vergrößerung ist eine doppelte. Einerseits entdeckt man hinter dem familiären Dreieck (Vater-Mutter-Kind) noch andere, sehr viel aktivere Dreiecke, aus denen die Familie selbst ihre Kraft schöpft, ihren Auftrag, Unterwerfung zu propagieren, das Beugen des eigenen Kopfes und das Nieder- 35 drücken der Köpfe anderer. [...]

Andererseits erscheint im gleichen Zuge, in dem die komische Aufblähung des Ödipus wie unterm Mikroskop all diese anderen Unterdrückungsdreiecke sichtbar macht, die Möglichkeit eines Auswegs, einer Fluchtlinie. Gegen die Unmenschlichkeit jener ›bösen‹ 40 Mächte‹ stellt sich die Nichtmenschlichkeit: Käfer werden, Hund werden, Affe werden, lieber Hals über Kopf abhauen, [...] als den Kopf beugen und Bürokrat, Beamter oder Polizist, Richter oder Gerichteter bleiben. [...] Das Tier-Werden ist das genaue Gegenteil: [...] unmittelbares Hineinstürzen in die Wüstenwelt, die Kafka sich an- 45 gelegt hat. [...] Gregor wird nicht nur Käfer, um seinem Vater zu entkommen, sondern auch und eher noch, um einen Ausweg zu finden, wo sein Vater keinen zu finden vermochte, um dem Prokuristen, dem Geschäft und den Bürokraten zu entrinnen und in jene Region zu gelangen, wo die Stimme nur noch summt –: ›'Hast du Gregor jetzt 50 reden gehört?' –: 'Das war eine Tierstimme', sagte der Prokurist.«

Gille Deleuze / Félix Guattari: Kafka. Für eine kleine Literatur. Aus dem Frz. von Burkhart Kroeber. Frankfurt a.M.: Suhrkamp, 1976. [Frz. Orig.-Ausg. ¹1975.] S. 15–17, 19 f. – © Les Éditions de Minuit, Paris 1975. © der deutschen Ausgabe Suhrkamp Verlag Frankfurt am Main 1976.

7 Zu entgrenzen, hinauszulassen.
8 Hier: wiedereinzuführen, sich einen Standort zu verschaffen, ihm Raum zu geben.

5. Interpretationsansätze II: Die Familie als System und die Verwandlung als abstrakte Aussage über die »Politik der Familie«

Neben der psychoanalytischen Lesart lässt sich Gregors Verwandlung als Reaktion auf bestimmte systemische Strukturen familiärer Beziehungen lesen. Diese familiären Beziehungen werden seit dem Ende der 1960er Jahre von systemisch orientierten Psychologen und Familientherapeuten (Watzlawick, Laing u.a.) als »ernstes Spiel« beschrieben, das unabhängig von den psychischen Strukturen der beteiligten Individuen funktioniert und zu analysieren ist. Watzlawick und Laing beschreiben die Familie als ein System, das sich oft gerade dadurch stabilisiert, dass einzelne Familienmitglieder psychische oder/und körperliche Probleme haben, und das gerade dann in Krisen gerät, wenn die Krisen von Mitgliedern überwunden werden.

5.1 Watzlawick: Die Familie als System

»Der [...] Begriff von Regeln in der Interaktion von Familien ist vereinbar mit der grundlegenden Definition eines Systems als ›stabil in bezug auf gewisse seiner Variablen, wenn diese Variablen die Tendenz haben, innerhalb bestimmter festgelegter Grenzen zu bleiben‹.
5   [...] Die Erfahrungstatsache, daß die Besserung eines psychiatrischen Patienten oft drastische Rückwirkungen auf die Familie hat (Depressionen, psychosomatische Störungen oder ähnliche Krisen bei anderen Familienmitgliedern), führte ihn [den Psychiater Don D. Jackson] dazu, diese Reaktionen – und daher auch die Krankheit
10 des Patienten – als ›homöostatische Mechanismen‹[9] zu betrachten, deren Funktion es ist, das gestörte System wieder in seinen wenn auch noch so prekären oder pathologischen Gleichgewichtszustand zurückzubringen. [...]
    Das Verhalten jedes einzelnen Familienmitglieds hängt vom Verhalten aller anderen ab – alles Verhalten ist ja Kommunikation und
15 beeinflußt daher andere und wird von diesen anderen rückbeein-

9 Der Begriff der »Homöostase« stammt aus der Kybernetik und bezeichnet dort ein labiles Gleichgewicht, das sich auch nach Störungen wieder einpendelt.

flußt. Wie bereits erwähnt, stellen Besserungen oder Verschlechterungen im Zustand jenes Familienmitglieds, das als Patient bezeichnet wird, hierin keine Ausnahme dar; sie haben fast immer eine Rückwirkung auf das psychische, soziale oder physische Wohlbefinden anderer Angehöriger. Familientherapeuten, die ein konkretes Problem lösen, sehen sich oft einer scheinbar ganz neuen Krise gegenüber. Das folgende Beispiel ist in dieser Hinsicht von allgemeiner Gültigkeit [...].

Ein Ehepaar begibt sich auf Wunsch der Frau in Ehetherapie. Die Beschwerde der Frau erscheint mehr als gerechtfertigt: Ihr Gatte [...] hat es irgendwie fertiggebracht, die Volksschule zu absolvieren, ohne jemals lesen und schreiben gelernt zu haben. [...] Infolge des Analphabetentums ihres Mannes trägt sie [die Frau] die Hauptlast der Verantwortungen für die ganze Familie und muß u. a. den Mann häufig zu neuen Arbeitsplätzen bringen, da er weder Straßenschilder noch Stadtpläne lesen kann.

Im Verlauf der Behandlung entschließt sich der Mann verhältnismäßig bald, einen Abendkurs für Analphabeten zu besuchen, bittet seinen Vater, die Rolle eines Hauslehrers zu übernehmen, und macht seine ersten holprigen Fortschritte in Schreiben und Lesen. Vom therapeutischen Standpunkt aus scheint alles in bester Ordnung zu verlaufen, bis der Therapeut eines Tages einen Anruf der Frau erhält, die ihm mitteilt, daß sie [...] die Scheidung eingereicht habe. Wie in dem alten Witz, war ›die Operation (die Behandlung) gelungen, aber der Patient (die Beziehung) tot‹. Der Therapeut hatte die zwischenmenschliche Bedeutung des Problems nicht voll berücksichtigt und durch dessen Lösung die bisher komplementäre[10] Ehebeziehung zerstört (ohne den Partnern zu einer neuen Beziehungsstruktur zu verhelfen), obwohl die Behebung des Analphabetentums genau das war, was die Frau sich ursprünglich von der Therapie erhofft hatte.«

Paul Watzlawick [u. a.]: Menschliche Kommunikation. Formen, Störungen, Paradoxien. 12., unveränd. Aufl. Bern: Huber, 2011. S. 152. – © 2011 Verlag Hans Huber, Hogrefe AG, Bern.

10 Bestehend aus ungleichen Teilen, die sich ergänzen.

6.1 Bilderverbot: Ein Brief Kafkas an den Verleger Kurt Wolff
vom 25. Oktober 1915

»Sie schrieben letzthin, daß Ottomar Starke ein Titelblatt zur Verwandlung zeichnen wird. Nun habe ich einen kleinen, allerdings
soweit ich den Künstler aus ›Napoleon‹ kenne, wahrscheinlich sehr
überflüssigen Schrecken bekommen. Es ist mir nämlich, da Starke
5 doch tatsächlich illustriert, eingefallen, er könnte etwa das Insekt
selbst zeichnen wollen. Das nicht, bitte das nicht! Ich will seinen
Machtkreis nicht einschränken, sondern nur aus meiner natürli-
cherweise bessern Kenntnis der Geschichte heraus bitten. Das Insekt selbst kann nicht gezeichnet werden. Es kann aber nicht einmal
10 von der Ferne aus gezeigt werden. Besteht eine solche Absicht nicht
und wird meine Bitte also lächerlich – desto besser. Für die Vermitt-
lung und Bekräftigung meiner Bitte wäre ich Ihnen sehr dankbar.
Wenn ich für eine Illustration selbst Vorschläge machen dürfte,
würde ich Szenen wählen, wie: die Eltern und der Prokurist vor der
15 geschlossenen Tür oder noch besser die Eltern und die Schwester
im beleuchteten Zimmer, während die Tür zum ganz finsteren Nebenzimmer offensteht.«

F. K.: Briefe 1902–1924. [Frankfurt a. M.:] S. Fischer, [1958]. S. 135 f.

Abb. 5: Umschlag der ersten Buchausgabe von Ottomar Starke

Mit der Verwandlung von Menschen in Tiere gestaltet Kafka ein
Motiv, das in der europäischen Kultur auf eine lange Tradition zu-
rückblickt. Bekannt ist die Verzauberung von Menschen in Tiere –
mit anschließender Erlösung – aus vielen Märchen der Brüder
Grimm. Erinnert sei nur an den *Froschkönig, Brüderchen und
Schwesterchen, Die zwölf Schwäne, Jorinde und Joringel*. Aber schon
die Antike kennt die Verwandlung von Göttern und Menschen in
Tiere als Thema in vielen Varianten. Auch wenn Kafkas Geschichte
nicht eindeutig von einer dieser Erzählungen beeinflusst ist, ge-
winnt die *Verwandlung* vor dem Hintergrund dieser Tradition kla-
rere Konturen.

7.1 Eine Verwandlung in der griechisch-römischen Mythologie: Das Schicksal der Meduse

»Einer der Vornehmen nahm den Gesprächsfaden auf und fragte,
warum die Meduse als einzige der Schwestern auf dem Haupte
Schlangen trug, die sich jeweils im Wechsel zwischen die Haare
mischten. Der Fremde antwortete: ›Da du etwas wissen willst, was
5 wert ist, berichtet zu werden, vernimm, wie es dazu kam. Sie war
wegen ihrer Schönheit hochberühmt und die Hoffnung vieler ei-
fersüchtiger Freier. Doch nichts an ihr war schöner als ihr Haar. [...]
Der Beherrscher des Meeres [Neptun] soll sie im Tempel der Minerva geschändet haben. Iuppiters Tochter [Minerva] wandte sich ab
10 und bedeckte ihr keusches Antlitz mit der Ägide[11]. Um dies [den se-
xuellen Kontakt zwischen Poseidon und Meduse] nicht ungestraft
zu lassen, verwandelte sie [Minerva] das Haar der Gorgo [der Me-
duse] in hässliche Schlangen. Auch heute noch trägt sie [Minerva],
um ihren Feinden lähmendes Entsetzen einzuflößen, vorn auf der
15 Brust die Schlangen, die sie schuf.‹«

> Ovid: Metamorphosen. Lat./Dt. Übers. und hrsg. von Michael von Albrecht.
> Stuttgart: Reclam, 1994 [u. ö.]. (Reclams Universal-Bibliothek. 1360.)
> S. 229–231.

11 Die Ägide ist der Brustschild der Minerva, auf dem die Meduse in der
   Mitte abgebildet ist und dessen Rand mit Bildern von Schlangen verziert
   ist.

7.2 Tabellarische Übersicht über Form und Ursachen
verschiedener Verwandlungen in der antiken Mythologie
(Auszug)

Wer/Was	wird durch wen/was	in wen/was verwandelt	und warum?
Arachne	Pallas Athene (Säfte der Hecate)	Spinne	(Neid der Göttin auf Arachnes Begabung), Strafe
Niobe	Latona, Phoebus, Phoebe	Marmor (Steinquelle auf einem Berggipfel)	Verachtung der Götter, Stolz, Strafe
Tereus, Procne, Philomela	–	Rotkehlchen (Philomela und Procne), Wiedehopf (Tereus)	Kennzeichnung des Mordes (roter Flaum bei den Schwestern), Strafe für die Taten

Quelle: http://de.wikipedia.org/wiki/Metamorphosen_(Ovid)

8.1 Das Phantastische der *Verwandlung* im Unterschied zu Fantasy und Science Fiction: Das Besondere des Käfers

»Die Nähe der *Verwandlung* zu wunderbaren Formen wird noch deutlicher sichtbar, wenn man das wunderbare Element – den Käfer – durch ein gängigeres ersetzt. Wie würde es wirken, wenn die *Verwandlung* mit folgendem Satz beginnen würde: ›Als Gregor Samsa eines Morgens aus unruhigen Träumen erwachte, fand er sich in seinem Bett zu einer zauberhaften Elfe verwandelt.‹ Oder wenn statt von einem ›ungeheuren Käfer‹ von einem ›außerirdischen Monster‹ die Rede wäre. [...] Die Erzählung wäre zweifellos auch dann noch irritierend, wir wären aber als Leser viel eher geneigt, die *Verwandlung* unter Fantasy respektive SF zu verbuchen. Denn zauberhafte Elfen und außerirdische Monster sind wunderbare Wesen, die wir leicht bestimmten Genres zuordnen können, einen ungeheuren Käfer dagegen nicht.«

Simon Spiegel: Theoretisch Phantastisch: Eine Einführung in Tzvetan Todorovs Theorie der phantastischen Literatur. Murnau a. Staffelsee: p.machinery Michael Haitel, 2010. S. 143. – © 2010 Simon Spiegel. p.machinery Michael Haitel, Murnau am Staffelsee.

8.2 Phantastische Literatur: Simon Spiegel über Tzvetan Todorov

»Todorov unterscheidet grundsätzlich zwischen drei Gattungen: dem *Wunderbaren* (›le merveilleux‹), dem *Unheimlichen* (›l'étrange‹) und dem *Phantastischen*. Ausgangspunkt seiner Überlegungen ist das Auftreten eines – zumindest scheinbar – unerklärlichen, übernatürlichen Ereignisses in einer ›realistischen‹ Erzählung. ›In einer Welt, die durchaus die unsere ist, [...] geschieht ein Ereignis, das sich aus den Gesetzen eben dieser vertrauten Welt nicht erklären lässt‹ [...]. Ein solches Ereignis kann je nach Handlungsverlauf und -welt einen anderen Status haben; *phantastisch* ist es gemäß Todorov nur dann, wenn sein Realitätsstatus bis zum Schluss der Erzählung – und darüber hinaus – nicht endgültig geklärt werden kann. Wenn also beispielsweise bis zum Schluss offen bleibt, ob eine Geistererscheinung nur eine Einbildung oder tatsächlich ein spukender Untoter ist.

[...] Todorov ist somit nicht an Erzählungen wie Fantasy oder 15
Märchen interessiert, die eindeutig in übernatürlichen Welten spielen, sondern an solchen, in denen ein übernatürliches Element in eine realistische Welt eindringt [...].

›Das Fantastische liegt im Moment der Ungewissheit‹ [...], gerade die Unsicherheit, das Zögern ('l'hésitation') des Lesers, wie ein Ereignis einzustufen sei, ist in Todorovs Augen das entscheidende 20 Charakteristikum der Phantastik [...]. Seine Definition der Phantastik lautet somit folgendermaßen: ›Das Fantastische ist die Unschlüssigkeit, die ein Mensch empfindet, der nur die natürlichen Gesetze kennt und sich einem Ereignis gegenübersieht, das den Anschein des Übernatürlichen hat‹ [...]. 25

Wird diese Unschlüssigkeit aber doch aufgelöst, kann dies entweder auf realitätskonforme [mit der Realität übereinstimmende] – das zunächst unerklärliche Ereignis lässt sich letztlich rational erklären – oder auf übernatürliche Weise geschehen. Im ersten Fall 30 spricht Todorov vom *Phantastisch-Unheimlichen*, im letzteren vom *Phantastisch-Wunderbaren*. Todorov arbeitet also einmal mehr mit einem Gegensatz, dem zwischen wunderbar und unheimlich, und platziert auf der Grenze dazwischen die Phantastik [...]. Aus diesem Grundprinzip ergeben sich fünf Gattungen: 35

– Das *unvermischt Unheimliche*: Es steht von Beginn an fest, dass es eine *rationale Erklärung* für das außergewöhnliche Ereignis gibt.
– Das *Phantastisch-Unheimliche*: Das zunächst unerklärliche Ereignis kann *rational* erklärt werden.
– Die *reine Phantastik*: Die Unsicherheit über den Status des über- 40 natürlichen Ereignisses wird bis zum Schluss aufrecht erhalten; auch nach Beendigung der Lektüre weiß der Leser nicht, ob die fragliche Begebenheit natürlichen oder übernatürlichen Ursprungs ist
– Das *Phantastisch-Wunderbare*: Die Unsicherheit wird im Laufe 45 der Erzählung aufgelöst, das Ereignis ist *übernatürlichen* Ursprungs.
– Das *unvermischt Wunderbare*: Die geschilderte Welt ist von Anfang an als übernatürlich kenntlich gemacht, die wunderbaren Ereignisse lösen keine Unsicherheit beim Leser aus, das sie mit 50 der erzählten Welt konform sind.
[...]
Die Grenzen zwischen den fünf Gattungen sind bei Todorov starr

und können nicht überschritten werden, eine Vermischung wird
55 ausgeschlossen.«

8.3 Kafka als Vertreter einer neuen Phantastik?

Für Todorov sprengt Kafkas *Verwandlung* allerdings die Grenzen
seines Modells:

»Gemäß Todorov gibt es bei Kafka keine realistische Welt mehr, von
der sich das Phantastische abheben kann, der elementare Gegensatz,
auf dem sein Modell aufbaut, ist somit nicht mehr gegeben. Diese
Form der Phantastik, die zwar wunderbare Elemente enthält, aber
5 keinen realistischen Referenzpunkt mehr hat, wird in der neueren
Forschung teilweise als *Neophantastik* bezeichnet.«

8.4 Ein Klassiker der Phantastik: Gogols *Nase*

»Am 25. März trug sich in Petersburg ein außerordentlich sonder-
barer Vorfall zu. Der Barbier Iwan Jakowlewitsch, wohnhaft am
Wosnessenskij-Prospekt (sein Familienname ist verlorengegangen,
und selbst auf dem Aushängeschild, das einen Herrn mit eingeseif-
5 ter Wange und der Aufschrift ›Wir lassen auch zur Ader‹ zeigt, ist
nichts weiter angegeben), der Barbier Iwan Jakowlewitsch also erwachte ziemlich früh und roch den Duft von warmem Brot. Als er
sich ein wenig im Bett aufrichtete, sah er, dass seine Gemahlin, eine
ziemlich respektable Dame, die überaus gerne Kaffee trank, gerade
10 frisch gebackene Brote aus dem Ofen zog. [...]
Iwan Jakowlewitsch zog anstandshalber seinen Frack über das
Hemd, setzte sich an den Tisch, streute ein Häufchen Salz auf, legte
zwei Zwiebelknollen bereit, nahm ein Messer in die Hand und
machte sich mit gewichtiger Miene daran, das Brot zu schneiden.
15 Nachdem er das Brot in zwei Hälften geteilt hatte, besah er sich das
Innere und erblickte zu seinem Erstaunen etwas weiß Schimmern-
des. Iwan Jakowlewitsch stocherte behutsam mit dem Messer daran

herum und betastete es mit dem Finger. ›Etwas Hartes?‹ sagte er vor
sich hin. ›Was könnte das nur sein?‹

Er steckte seine Finger tiefer hinein und zog – eine Nase heraus! 20
Iwan Jakowlewitsch ließ die Arme sinken; er rieb sich die Augen
und fühlte erneut mit dem Finger: eine Nase, wahrhaftig eine Nase!
Und obendrein kam sie ihm bekannt vor. Entsetzen spiegelte sich
auf dem Gesicht von Iwan Jakowlewitsch. Dieses Entsetzen jedoch
war nichts gegen die Empörung, die seine Gemahlin ergriff. 25

›Wo hast du die Nase abgeschnitten, du Bestie?‹ schrie sie voller
Zorn. ›Spitzbube! Trunkenbold! Ich werde dich selbst bei der Polizei
anzeigen. So ein Räuber! Schon von drei Leuten habe ich gehört,
dass du während der Rasur so an der Nase zerrst, dass sie kaum dran
bleibt.‹ 30

[...]

Der Kollegienassessor Kowaljow erwachte ziemlich früh und
machte mit den Lippen ›brr ...‹, was er immer tat, wenn er erwachte,
obgleich er sich nicht recht erklären konnte, aus welchem Grund.
Kowaljow reckte und streckte sich und ließ sich den kleinen Spiegel 35
geben, der auf dem Tisch stand. Er wollte einen Blick auf den kleinen Pickel werfen, der am gestrigen Abend auf seiner Nase erschienen war, doch zu seiner allergrößten Verwunderung sah er, dass er
dort, wo die Nase hätte sein sollen, eine vollkommen glatte Stelle
hatte! Voller Schrecken ließ Kowaljow Wasser bringen und rieb sich 40
mit einem Handtuch die Augen: Wahrhaftig, die Nase war nicht da!
Er begann, mit der Hand zu tasten, um sich zu vergewissern, dass er
nicht etwa schlief. Anscheinend nicht. Der Kollegienassessor Kowaljow sprang vom Bett und schüttelte sich: Die Nase war nicht
da! ... Er befahl, sogleich seine Kleider zu bringen, und eilte gera- 45
dewegs zum Ober-Polizeimeister.«

Nikolaj Gogol: Die Nase. Russ./Dt. Übers. und hrsg. von Dorothea
Trottenberg. Stuttgart: Reclam, 1997. (Reclams Universal-Bibliothek. 9628.)
S. 5–7, 13–15.

8.5 Absurde Dichtung: Daniil Charms, *Blaues Heft Nr. 10*

Werden irritierende Abweichungen von der üblichen Weltsicht ins
Extrem getrieben, spricht man auch von absurder Dichtung.
Absurde Dichtung spielt meist mit der Verletzung logischer Regeln
und der Infragestellung elementarer Orientierungsschemata (z. B.

dem Zusammenhang von Ursache und Wirkung). Sie erscheint darum oft unsinnig. Dem ersten Eindruck nach erscheint ein absurder Text oft als witziger Quatsch, meist regen absurde Texte jedoch dazu an, kritisch über die normale Weltwahrnehmung nachzudenken. Gerne werden sie als Hinweis darauf gedeutet, dass unsere Welt nicht so wohlgeordnet ist, dass sie absurder ist, als wir sie gewöhnlich wahrnehmen. Als ein Beispiel absurder Dichtung in diesem Sinne kann der folgende Text von Daniil Charms gelten.

»Es war einmal ein rothaariger Mann, der hatte keine Augen und keine Ohren. Haare hatte er auch keine, so dass man ihn nur bedingt einen Rotschopf nennen konnte.

Sprechen konnte er nicht, denn er hatte keinen Mund. Eine Nase
5 hatte er auch nicht.

Er hatte nicht einmal Arme und Beine. Und er hatte keinen Bauch, und er hatte keinen Rücken, und er hatte kein Rückgrat, und Eingeweide hatte er auch nicht. Überhaupt nichts hatte er! So dass man gar nicht versteht, von wem die Rede ist.

10 Besser, wir sprechen nicht mehr von ihm.«

D. Ch.: Fälle. Russ./Dt. Übers. und hrsg. von Kay Borowsky.
Stuttgart: Reclam, 1995. (Reclams Universal-Bibliothek. 9344.) S. 5.

9. Interpretationsansätze III: Der unsagbare Konflikt zwischen Anpassungsdruck und Autonomiewunsch. Eine philosophische Deutung

»Die Kühnheit dieser Dichtung Kafkas liegt in der Konsequenz, mit der sie den Konflikt [zwischen Beruf und Selbstständigkeit bzw. Unabhängigkeit] aus der psychologisch innerseelischen Ebene heraushebt, auf der er seit Jahrhunderten von anderen Dichtern abgehandelt wurde – etwa schon in Wilhelm Meisters Konflikt zwischen Kaufmannsberuf und ›Sendung‹.[12] Während in älteren Dichtungen der Konflikt sich in der Innerlichkeit des Menschen abspielt in Form widerstreitender Gefühle und Forderungen, ist bei Kafka die Innerlichkeit sich selber entfremdet. [...]

Das Neue an Kafkas Gestaltung und Problemsicht ist die Erkenntnis, daß dem modernen Menschen das ›Gesetz‹ seiner eigenen Entfremdung verhüllt bleibt [...]. Der Mensch ist derart dem unbekannten Gesetz des ›Man‹[13] verfallen, daß er um sein eigenes Selbst, sein ›Innenleben‹ gar nicht mehr weiß, es verdrängt und immer wieder durch Kalkulationen[14] überdeckt: Samsa fühlt sich zwar höchst unbehaglich in seiner geschäftlichen Existenz, er spürt durchaus den Konflikt, aber er glaubt ihm wiederum durch bloße Kalkulationen geschäftlicher Art beikommen zu können. Er rechnet: wenn er die Geldsumme für seine Eltern erspart hat, dann kann er endlich den ›großen Schnitt‹ tun, aus seiner Firma herausspringen. Aber er hat überhaupt keine Vorstellung, wohin er eigentlich springen wird, welche Daseinsformen er verwirklichen möchte. Sein eigenes In-

---

12 Anspielung auf Johann Wolfgang von Goethes Entwicklungsromane *Wilhelm Meisters Lehrjahre* (erschienen 1795/96), *Wilhelm Meisters Wanderjahre* (erschienen 1821) und *Wilhelm Meisters theatralische Sendung* (vor den anderen Bänden geschrieben, aber erst postum 1911 veröffentlicht).

13 »Man« ist ein zentraler Begriff in Heideggers Hauptwerk *Sein und Zeit*. Der Begriff bezeichnet die diffuse Meinung einer anonymen Öffentlichkeit, der sich viele Menschen in der modernen Welt anschließen, ohne darüber nachzudenken, wer sie selbst eigentlich sind und welche Meinung sie selbst einnehmen könnten.

14 »Kalkulation« spielt ebenso an auf zentrale Gedanken Heideggers, für den der berechnende Umgang der Menschen mit sich, mit den Mitmenschen und mit der Natur eine Form der Gewalt ist und damit ein zentrales Moment des Unheils der modernen Welt darstellt.

Franz Kafkas erstes Auto   © Polo

Abb. 6: Kafkas Käfer. Karikatur von André Poloczek   Mit Genehmigung
von André Poloczek, Wuppertal; www.polo-cartoon.de

neres bleibt ihm fremd. Daher wird es von Kafka auch als ein ihm
Fremdes gestaltet, nämlich als ein Ungeziefer, das auf unbegreifliche
25 Weise sein rationales Dasein bedroht.«

Wilhelm Emrich: Franz Kafka. Frankfurt a.M. / Bonn: Athenäum, ⁶1970.
S. 120.

10. Stil: Die Sprache der Erzählung

10.1 Vladimir Nabokov: Beobachtungen zu Kafkas Stil

Vladimir Nabokov unterstreicht »Kafkas Klarheit«: Dessen »genaue und formstrenge Aussage« stehe »in eklatantem [deutlichem] Gegensatz zur Alptraumthematik seiner Erzählung«. Nicht eine einzige »dichterische Metapher« schmücke »diesen in schlichtem Schwarz-Weiß formulierten Bericht«. Die »Durchsichtigkeit seines Stils betont den dunklen Reichtum seiner Phantasiewelt«. Eng miteinander verbunden seien auf diese Weise »Gegensatz und Einheitlichkeit, Stil und Dargestelltes, Darstellung und Fabel« (V. N., »Franz Kafka, *Die Verwandlung*«, in: V. N., *Die Kunst des Lesens: Meisterwerke der europäischen Literatur*, Frankfurt a. M. 1991, S. 352).

10.2 Das Darstellungsmittel der erlebten Rede

Große Teile der *Verwandlung* bieten einen direkten Einblick in Gregor Samsas Gedanken- und Gefühlswelt, ohne dass die Hauptfigur selbst zum Erzähler würde. Die Darstellungstechnik, die maßgeblich zur beklemmenden Atmosphäre der Erzählung beiträgt, nennt man »erlebte Rede«. Die wichtigsten Eigenschaften dieser Darstellungsform sind knapp in der folgenden Tabelle zusammengefasst.

Lohnend ist zum einen, das Verhältnis von direkter und erlebter Rede auf den ersten Seiten genauer zu untersuchen. Bedeutsam ist zum anderen der Wechsel der Erzählperspektive vom personalen zum auktorialen Gestus, der auf den letzten Seiten an der Auflösung der erlebten Rede erkennbar wird.

grammatikalischer Aspekt	direkte Rede	indirekte Rede	erlebte Rede (V. = Verweise auf die *Verwandlung*; Hervorhebungen von mir, R. K.)
Tempus/Modus	gleichzeitig/ Indikativ: »Es *ist* kein Traum.«	vorzeitig/ Konjunktiv: »Er dachte, es *sei* kein Traum.«	vorzeitig/Indikativ: »Es *war* kein Traum.« (V., S. 5)
Personal- und Possessivpronomen	Figurenperspektive: »Was soll *ich* jetzt tun?«	Erzählerperspektive: »*Er* fragte sich, was er als Nächstes tun solle.«	Erzählerperspektive: »Was aber sollte *er* jetzt tun?« (V., S. 7)
Zeitangaben	deiktische (zeigende) Partikeln: »nachher«, »morgen«, »jetzt«	abstrahierende Beschreibungen: »in diesem Moment«, »am folgenden Tag«	Figurenperspektive: »Was aber sollte er *jetzt* tun.« (V., S. 7)
Ortsangaben	deiktische (zeigende) Partikeln: »hier«, »dort«, »da vorn«	abstrahierende Beschreibungen: »in seinem Zimmer«	deiktische Partikeln: »Noch war Gregor *hier* […].« (V., S. 13)
Interjektionen	direkt: »Super!«, »Verdammt!«, »Verflixt noch mal!«	werden weggelassen oder umschrieben: »Er ärgerte sich und fluchte.«	direkt: »Verflixt und zugenäht! Was wollte seine Nachbarin jetzt von ihm?«
Interpunktion	Ausrufezeichen und Fragezeichen: »Was soll *ich* jetzt tun?«	Verwandlung von Fragen und Ausrufen in Aussagen mit Punkt am Satzende	Ausrufezeichen und Fragezeichen: »Was aber sollte er jetzt tun?« (V., S. 7)

11. Literaturhinweise

11.1 Über Kafkas Leben und Werk

Adorno, Theodor W.: Aufzeichnungen zu Kafka. In: Th. W. A.: Prismen. Frankfurt a.M. 1976. ['1955.] S. 302–342.

Alt, Peter-André: Franz Kafka: Der ewige Sohn. Eine Biographie. 2., durchges. Aufl. München 2008.

Auerochs, Bernd / Engel, Manfred (Hrsg.): Kafka-Handbuch: Leben – Werk – Wirkung. Stuttgart [u.a.] 2010.

Begley, Louis: Die ungeheure Welt, die ich im Kopf habe. Über Franz Kafka. Stuttgart 2008.

Beißner, Friedrich: Der Erzähler Franz Kafka und andere Vorträge. Frankfurt a.M. 1983.

[Benjamin, Walter:] Benjamin über Kafka. Texte, Briefzeugnisse, Aufzeichnungen. Hrsg. von Hermann Schweppenhäuser. Frankfurt a.M. 1981.

Binder, Hartmut: Kafka-Kommentar zu sämtlichen Erzählungen. München 1982 [u.ö.].

Deleuze, Gilles / Guattari, Félix: Kafka. Für eine kleine Literatur. Aus dem Frz. von Burkhart Kroeber. Frankfurt a.M. 1976. [Frz. Orig.-Ausg.: Paris 1975.]

Emrich, Wilhelm: Franz Kafka. Frankfurt a.M. / Bonn ⁶1970. ['1958.] [Zur *Verwandlung* bes. S. 118–127.]

Jahraus, Oliver: Kafka. Leben, Schreiben, Machtapparate. Stuttgart 2006. [Zur *Verwandlung* bes. S. 215–247.]

– / Jagos, Bettina von (Hrsg.): Kafka-Handbuch. Leben – Werk – Wirkung. Göttingen 2008.

Mairowitz, David Zane / Crumb, Robert: Kafka kurz und knapp. Frankfurt a.M. 1995 [u.ö.].

Müller, Michael (Hrsg.): Interpretationen. Franz Kafka. Romane und Erzählungen. Stuttgart 2009 [u.ö.]. (Reclams Universal-Bibliothek. 17521.)

Schlingmann, Carsten: Franz Kafka. Stuttgart 1995 [u.ö.]. (Reclams Universal-Bibliothek. 15204.) [Zur *Verwandlung* bes. S. 81–92.]

Sokel, Walter H.: Franz Kafka – Tragik und Ironie. Zur Struktur seiner Kunst. München/Wien 1964. S. 77–103.

Stach, Reiner: Kafka. Die Jahre der Entscheidungen. Frankfurt a.M. 2002.

– Kafka. Die Jahre der Erkenntnis. Frankfurt a.M. 2008.

Wagenbach, Klaus: Kafka. Reinbek b. Hamburg 1964.

– Kafka: eine Biographie seiner Jugend. Berlin: Wagenbach, 2006.

Abraham, Ulf: Franz Kafka. *Die Verwandlung*. Grundlagen und Gedanken zum Verständnis erzählender Literatur. Frankfurt a.M. 1993.

Beicken, Peter: Erläuterungen und Dokumente: Franz Kafka, *Die Verwandlung*. Durchges. Ausg. Stuttgart 2001 [u.ö.]. (Reclams Universal-Bibliothek. 8155.)

Bekes, Peter: Franz Kafka: *Die Verwandlung* und andere Erzählungen. Braunschweig 2006. (Texte – Medien.)

Brück, Martin: Franz Kafka, *Die Verwandlung, Das Urteil*. Freising 2011. (Interpretationen Deutsch.)

Fingerhut, Karlheinz: *Die Verwandlung*. In: Interpretationen. Franz Kafka. Romane und Erzählungen. Hrsg. von Michael Müller. Durchges. und erw. Aufl. Stuttgart 2003 [u.ö.]. (Reclams Universal-Bibliothek. 17521.) S. 42–74.

Große, Wilhelm: Franz Kafka, *Die Verwandlung*. Stuttgart 2004. (Reclams Universal-Bibliothek. 15342.)

Müller, Michael: Franz Kafka, *Die Verwandlung*. In: Interpretationen. Erzählungen des 20. Jahrhunderts. Bd. 1. Stuttgart 1996 [u.ö.]. (Reclams Universal-Bibliothek. 9462.) S. 139–159.

Nabokov, Vladimir: Franz Kafka, *Die Verwandlung*. In: V. N.: Die Kunst des Lesens: Meisterwerke der europäischen Literatur. Frankfurt a.M. 1991. S. 313–352.

Pfeiffer, Joachim: Franz Kafka, *Die Verwandlung / Brief an den Vater*. München 1998. (Oldenbourg Interpretationen.)

Poppe, Sandra: *Die Verwandlung*. In: Kafka Handbuch. Leben – Werk – Wirkung. Hrsg. von Manfred Engel und Bernd Auerochs. Stuttgart/Weimar 2010. S. 164–174.

Spiegel, Simon: Theoretisch phantastisch: Eine Einführung in Tzvetan Todorovs Theorie der phantastischen Literatur. Murnau a. Staffelsee 2010. Bes. S. 141–152.

Weber, Albrecht / Schlingmann, Carsten / Kleinschmidt, Gert: Interpretationen zu Franz Kafka: *Das Urteil, Die Verwandlung, Ein Landarzt, Kleine Prosastücke*. München 1968. [Zur *Verwandlung*: S. 81–105.]

Die *Verwandlung* medial verwandelt

Corbeyran, Eric / Horne, Richar: *Die Verwandlung* von Franz Kafka. Graphic Novel. München 2010.

Němec, Jan (Regie): Die Verwandlung. Deutschland 1975.
Fokin, Waleri (Regie): Prevraschenje. Russland 2002.
Atanes, Carlos (Regie, Drehbuch): La Metamorfosis de Franz Kafka. Spanien 1993.

Inhalt

Raum für
Notizen